「おまえは、変わらないな」

蒼月は小さく笑い、ジッと見上げる花楓の目元に唇を押し当てた。

「花楓」

まるで、宝物の名を口にするかのような優しい声音だと……そんなふうに感じるのは、おこがましい。

「そうして、俺に身を委ねればいい」

もふもふ狼王の寵愛花嫁

真崎ひかる

22362

角川ルビー文庫

目次

口絵・本文イラスト／明神 翼

もふもふ狼王の寵愛花嫁

《序》

実りの秋は、収穫《しゅうかく》祭を始めとした神事が営まれる季節だ。

その中でも特別なのは、子供の立ち入りが禁じられている山に設けられる厳《おごそ》かな祭事場だ。清浄《せいじょう》であることが条件とされる神域であり、許されたものしか入ることのできない禁域でもある。

収穫祭の一番大事な二日に亘《わた》る本祭事の期間は、立ち入ってはいけない。

決して見てはいけない。

山の神の怒《いか》りに触《ふ》れ、禍々《まがまが》しい凶事《きょうじ》が村に襲《おそ》いかかる。

物心つく頃《ころ》には大人たちからそう言い含《ふく》められていて、どんなにイタズラ好きの子供でも覗《のぞ》き見をしようなどと思いつくことさえない。

怖《こわ》くないわけではない。

でも、禁じられれば禁じられるほど『見たい』という好奇《こうき》心《しん》が掻《か》き立てられる。

今年は兄が祭事に携《たずさ》わる年齢《ねんれい》になったこともあり、尚《なお》のこと『自分も』という思いが強くなった。

「なんで、青羽《あおば》にぃはいいのに僕はダメなの？」

「青羽は十七になった。花楓《かえで》は、まだ七つだろう。あと十年待ちなさい」

村の外れ、祭事場に続く登山道の入り口で、「一緒《いっしょ》に行きたい」と地団駄《じだんだ》を踏《ふ》む。祭列の後方に立つ兄は、困った顔で花楓の髪《かみ》をくしゃくしゃと撫《な》で回した。

「花楓、もう少し大人になれば一緒に行けるから」

大人たちと兄に宥《なだ》められて、唇《くちびる》を尖《とが》らせる。背後から優《やさ》しい声で「花楓」と呼びかけながら、肩《かた》に手を置かれた。

「ワガママを言ってはダメ。青羽兄さんはお昼には戻《もど》ってくるのだから、ねぇねとお団子を作りながら待とう？」

「……はい」

五つ上の姉は、花楓のように我儘《わがまま》を言うことがない。同じ年頃の幼馴染《おさななじ》みたちも、大人しく見送りの列に並んでいて……急に恥《は》ずかしくなってきた。

花楓がうなずくと、兄はホッとした顔で「行ってきます」と見送る母たちに挨拶《あいさつ》をする。

収穫したばかりの新米に芋《いも》に果物に、村の女性たちが織った反物《たんもの》。それらを積み上げた神輿《みこし》を担《かつ》ぎ、大人の男衆が山に続く小道を登っていく。

一日目は午前中にこちらからの収穫物を置き、午後に『彼ら』が取りに来る。

二日目は午前中に『彼ら』からの返礼品が置かれ、夕刻までにこちらが取りに行く。

ずっと昔から続く、山の民《たみ》との約束事だ。

「さ、花楓。餡《あん》を煮《に》ましょ。クルミの餡も作りたいから、お手伝いして」

「……はぁい」

姉に手を引かれて、山への小道に背を向ける。

十七になれば、自分も祭事場へ行く許可を得られると言われても、今の花楓にとって永遠のように遠い。

「菫《すみれ》ねぇ。しんいきには、どんな神様がいるんだろう」

「そうねぇ……きっと、私たちが見たことのない姿よ。ばあ様が子供の頃に見た神様は、大きな獣《けもの》の耳と尻尾《しっぽ》がある、狼《おおかみ》の神様だったんだって」

「おおかみさま？」

「うん。私たちは純人《じゅんじん》で、山の民は山犬族。狼はもういないけど、狼の神様によく似た山犬の混合種らしいわ」

この世界は、純人と純獣《じゅんじゅう》とそれらの混合種、三つの種族で成り立っている。

山の麓《ふもと》に住む自分たちは、純人。山の奥に住む民は、混合種。話に聞いたことはあるけれど、花楓は山の民を目にしたことは一度もない。

「祭事での物々交換《ぶつぶつこうかん》が約束になる前は、村の子が生贄《いけにえ》になって嫁入《よめい》りしていたんだって」

「いけにえ？」

「山犬族に、食べられちゃうってこと。小さな花楓なんて、丸のみかも」

「……こわい」

姉の語る『大きな獣の耳と尻尾がある』狼の神様の姿は、花楓には想像することさえできなくて。

僕を丸のみする狼の神様って、どんなの？　と首を傾《かし》げながら、村で一番大きな家に向かった。


チラチラと背後を窺《うかが》い、追いかけてくる人影《ひとかげ》がないことを確認《かくにん》する。

「ちょっと、見るだけ」

神域に入ってはいけないと言われていても、木の陰《かげ》からこっそり覗くくらいなら許されるのでは。

そんな好奇心が勝《まさ》り、山へ続く小道を登り始めたのはいいが……。

「……もっと上かな」

どれくらい時間が経《た》ったのか、どれほどの距離《きょり》を歩いたのか、わからない。足が痛いし、木の枝に引っ掛《か》けてしまった腕《うで》も痛い。

さほど時間を置かずに追いかけたつもりだったが、神輿を担いだ村人たちの姿は見えない。

声も聞こえないので、随分《ずいぶん》と先に進んでいるに違《ちが》いない。

今頃《いまごろ》、村では花楓の姿がないことに気づかれているだろうか。

それとも、山から戻る男衆を迎《むか》える準備に忙《いそが》しくて、花楓がいないことなど誰《だれ》も気に留めていないか……。

「は……っ、はぁ……疲《つか》れた」

喉《のど》が渇《かわ》いた。水筒《すいとう》を持ってくるべきだったと思っても、後の祭りだ。

小道から斜面《しゃめん》を見下ろして、ここから川辺に下りるのは無理かな……とため息をつく。

迷うことなく山の上へ続く一本道を登っていたけれど、分岐《ぶんき》点《てん》に行き当たり足を止めた。

右を行けば、上り坂。左を選べば、下り坂。

「上……だよね」

山を登ることが目的ならこちらだろうと、右側の上り坂を選ぶ。けれど、上り坂を歩き出して十分ほど経った頃に誤りに気がついた。

ずっと山を登り続けると思っていたのに……曲がり角の先は、下り坂になっている。

立ち止まり、きょろきょろと周りを見回した。

「どうしよう。引き返す？　でも、もうちょっとかもしれないし……」

鬱蒼《うっそう》とした木々に囲まれた山中は、まだお昼前のはずなのに薄暗《うすぐら》い。

時々、鳥の鳴き声が聞こえるのと、風が吹《ふ》いたら木の葉がザーッと音を立てるだけで……心細くなってきた。

「あと少しだけ」

不安を押し殺して、再び歩き出す。怖いと感じていることを認めてしまったら、ここから動けなくなりそうだった。

少し下って、また上る。

石が転がっていたり木の根が盛り上がっているでこぼこ道は、上っているのか下っているのかわからなくなりそうだ。

怖くない。怖くない。祭事場に行けば、先に出発した村の人や兄がいる。

そう自分に言い聞かせながら、一心不乱に歩き続ける。

「あ……っ」

疲労《ひろう》のあまり前屈《まえかが》みになり、足元に視線を落として歩いていたせいで、木の枝から垂れ下がっていた蔓《つる》に気づくのが遅《おく》れた。

目の前を覆《おお》う緑の葉に驚《おどろ》き、足元の大きな石に躓《つまず》いて……バランスを崩《くず》した身体《からだ》は、草の生《お》い茂《しげ》る斜面をゴロゴロと転がり落ちる。

痛い、痛い。怖い……！

恐怖《きょうふ》のあまり悲鳴を上げることもできず、ギュッと目を閉じて身体を丸めた状態で、次々と襲《おそ》ってくる衝撃《しょうげき》に耐《た》える。

　バササッ、バキバキと木の枝が折れる音が聞こえて、

「っ……」

　ようやく止まった？

　恐《おそ》る恐る目を開けた花楓の視界に飛び込んできたのは、真っ赤に色づいた紅葉《もみじ》の大木とひらひら舞《ま》い散る赤く色づいた葉。

　そして……。

「大丈夫《だいじょうぶ》かっ？」

　花楓を覗《のぞ》き込んでいるのは、十七歳の兄と十二歳の姉の、ちょうど真ん中くらいの少年だった。

　白……いや、キラキラした銀色の髪など、初めて見た。目の色も、初めて見る蒼色《あおいろ》だ。

　ぼんやり見惚《みと》れていると、背中を抱《だ》き起されて、身体についた葉っぱや草を払《はら》い落とされる。

「怪我《けが》は？　どこか痛いところはある？」

「……わかんない」

　あちこち痛いし、引っ掻《か》き傷が痒《かゆ》い。でも、腕も足も小さな切り傷だけで、たくさん血が出ているところはなさそうだ。

「きみは……純人だね。迷子？」

「う……ん。祭事場に……」

「ああ、わかった。麓の村の子だ」

ぽつりとつぶやいた一言で、花楓が麓の村に住むことを察したということは……このお兄さんも、『祭事』を知っているということだ。

「喉が渇いてないかな。よければ、これをどうぞ。すっぱいけど、喉の渇きは癒《い》えるよ」

「……ありがと」

差し出されたのは、大きな粒《つぶ》の葡萄《ぶどう》だ。遠慮《えんりょ》なく手を伸《の》ばして、一粒口に入れる。

「んー……っ」

本当にすっぱい。でも、水分を溢《あふ》れるほど含《ふく》んでいて美味《おい》しい。

無言で、二つ三つと噛《か》み潰《つぶ》して飲み込み、ふぅ……と大きく息をついた。

改めて見上げたお兄さんは、やはり不思議な髪《かみ》の色と目の色をしている。なにもかも黒い、花楓とは違う……けど。

「きれいだね」

そろりと手を伸ばして、肩《かた》につく長さのお兄さんの髪に触《ふ》れた。

怒《おこ》られなかったことにホッとして、もっと上……白銀の髪を掻き分けて生えている、大きな三角形の耳を触《さわ》ってみる。

白に青灰色《あおはいいろ》の交じった毛に覆われた耳は、村にいる牛追いの犬のものに似ている。けれど、もっともっとふわふわで、すごく綺麗《きれい》だ。

「目も、きれい……」

花楓を見ている瞳《ひとみ》は、晴れた日の空よりも深い蒼色だ。あまりにも綺麗で、目の前にいるのに幻《まぼろし》を見ているかのような……不思議な気分になる。

「怖《こわ》くないのか？」

「ぜんぜん」

どうして、怖いなどと思うのだろう。こんなに綺麗で、まるで……。

「おおかみさま？　山の神さま？」

花楓の手のひらと同じくらい大きな耳に触れながら、そう首を傾げた。

姉から聞いたばかりの、『狼《おおかみ》の神様』みたいだ。それなら、自分と姿が違うこともこれほど綺麗なことも納得《なっとく》できる。

そう目を輝《かがや》かせた花楓に、お兄さんは「ははっ」と笑った。

「残念ながら、神様じゃないよ。……名前はなんていうの？　いくつ？」

「花楓。七歳」

「いい名前だ。赤く色づいた、この葉っぱと同じだね。俺は、蒼月《そうげつ》。花楓より八歳上だ。少し休んだら、麓《ふもと》の村の近くまで送ってあげる」

蒼月と名乗ったお兄さんは、花楓の隣《となり》に座り込んで洋袴《ズボン》のポケットから白い紙に包まれた木の実を取り出した。

その背後に見えるのは……耳と同じ毛色の、ふさふさした尻尾《しっぽ》？

「山の上にだけ生えている木の実だ。殻《から》を割ってあげるから、食べてみて」

「……おいしい」

蒼月が茶色の殻を割ると、白い種子が現れた。薄皮《うすかわ》を剥《は》いで手のひらに転がされた木の実は、初めて食べるものだ。

「こっち……これも美味しい実だ。白い花の蜜《みつ》も甘い」

花楓の手を引いて、食べられる赤い実を教えてくれる。摘《つ》み取ってくれた白い花は、とろけるように甘かった。

その近くにある緑色の実は、地面に落として踏《ふ》みつける。

「でも、こっちは食べたらダメ。実の回りトゲトゲがついているから、指に刺《さ》さったら痒くなる。この茸《きのこ》も、純人には毒になるから触らないで」

「うん」

一つずつ、食べていいものと触ったり食べたりしてはいけないものを教えてくれる。花楓が知らないことばかりだ。

蒼月が「これは大丈夫」と言って木の枝から摘んでくれた甘い果実を抱《かか》えて、大きな石に座った。

皮を剥《む》いてくれた実を齧《かじ》ると、シャリッとした歯ごたえと共に甘酸《あまず》っぱい果汁《かじゅう》が溢れる。

「美味しい？」

「うん」

笑ってうなずいた花楓に、蒼月は「可愛《かわい》いな」と目を細めた。花楓を見下ろす蒼い色の瞳を見ていると、なんだかドキドキする。

村まで送ってくれると言っていたけれど、もっと一緒《いっしょ》にいたいなぁ……と寂《さび》しくなって、蒼月が着ている服を握《にぎ》った。

「……蒼月、怖くないね。山の民《たみ》は怖いってウソだ」

「怖くない？　それなら花楓にお願いがある。……俺はね、大人になったら純人を花嫁《はなよめ》にするんだ。花楓を選んでいい？」

「そしたら、蒼月とずっと一緒にいられる？」

「ああ」

遠くの里から村のお家《うち》に嫁入りした花嫁は、その家に住んでお婿《むこ》さんとずっと一緒にいる。花楓にはその程度の認識《にんしき》しかなくて、蒼月と一緒にいられるのならと大きくうなずいた。

「じゃあ、いいよ」

「約束だ」

「う……ん」

蒼月を見上げて、もう一度うなずこうとした。でも、蒼月の蒼い瞳がどんどん近づいてきて唇《くちびる》と唇がぶつかる。

「約束の印」

そう言って笑った蒼月の耳に、紅葉の赤い葉がひらりと落ちてきた。

手を伸ばして指先で赤い葉を取ると、蒼月が洋袴のポケットから木の実を包んでいた白い紙を取り出す。

「栞《しおり》にすればいい」

皺《しわ》を伸ばして二つに折った紙のあいだに、紅葉の葉を挟《はさ》み込む。

「大人になるまで忘れたらダメだよ、花楓」

花楓の手に紅葉を挟んだ紙を手《て》渡《わた》すと、指先に唇で触れて「我が花嫁」と瞼《まぶた》を伏《ふ》せる。

白っぽい青灰色の毛に覆《おお》われたふわふわの大きな耳と、ふさふさの尻尾。鮮《あざ》やかに色づいた紅葉。蒼い瞳。

なにもかも綺麗で、夢の中にいるみたいだった。

《一》

「長雨だったな。民家に被害《ひがい》がなかったのは幸いだが……」

強風を伴《ともな》い、三日間続いた大雨がようやく上がった。

山の斜面《しゃめん》を利用した棚田《たなだ》の被害確認に走り、牧草地は無事なのか……用水路はどうなっているのか、男たちは村中の点検にてんやわんやしている。

村の外れにある橋を見に行った兄たちが、深刻な顔をして戻《もど》ってきた。

「青羽兄ちゃん、どうだった？」

駆《か》け寄って尋《たず》ねた花楓に、兄はゆっくりと頭を左右に振《ふ》る。

「ダメだ。半分近く流されている。修復……より、架《か》け直しだな。あれは、俺たちの手に負えない」

「じゃあ……」

どうすればいいのか、続きを口にできなくて口籠《くちご》もる。

もうすぐ厳しい冬がやって来る。大きな川に架かる橋がなければ、村から出ることができないのに……。

いや、もう一つ、山を越《こ》えるという手段もある。ただ、雪の積もる険しい山道を三日かけて抜《ぬ》ける危険な方法しかない。

「青羽。もう……彼らに頼《たよ》るしかない。架橋技術は彼らのほうが優《すぐ》れているし、百年以上前に橋を架けたのも彼らだ」

「……そうだな。我々では、流れの速い川を筏《いかだ》で渡《わた》ることなど不可能だ」

「彼らは、我らの要望を受けてくれるのか？」

深刻な表情で大人たちが話し合う、『彼ら』。花楓はよくわからないが、橋をどうにかする手があるのなら、他《ほか》に選択肢《せんたくし》はないだろう。

「どうする、青羽」

父の後を継《つ》いで次期村長になることが決まっている兄は、花楓とは十歳しか違《ちが》わない……ようやく二十八歳になったところなのに、大事なことの決定権を持っている。このところ、父親が病床《びょうしょう》に臥《ふ》せっていることで、尚《なお》のこと兄の意見は重要だ。

兄はしばらく深刻な顔で考え込んでいたけれど、腕組《うでぐ》みを解いて大きくうなずいた。

「山犬族の郷《さと》に、遣《つか》いを出そう」

「しかし、収穫《しゅうかく》祭の物々交換《ぶつぶつこうかん》は終えている。相応の対価を求められるのでは」

「仕方ないだろう。橋がなければ、行商人も村に入ってこられない。急病人が出ても、外に運ぶこともできない。冬の山越《やまご》えはあまりにも危険だ。ある程度の求めには応じよう」

そうして大人たちの話し合いは決着し、手土産《てみやげ》を携《たずさ》えた若者が二人『山犬族』への使者として送り出されることとなった。

冬ごもり前の熊《くま》と遭遇《そうぐう》する危険があっても、今すぐ『山犬族』へ助けを求めなければならない状況《じょうきょう》なのだと、未《いま》だ子供扱《あつか》いされて会合に参加させてもらえない花楓でも推測することができる。

「交渉《こうしょう》が上手《うま》くいくことを前提に、女たちは彼らを迎《むか》え入れる準備を。村の外れ、橋のすぐ傍《そば》に空き家があるだろう。そこに逗留《とうりゅう》してもらうことにしよう。お世話は、各自話し合って分担してくれ」

山の集落への使者を送り出してすぐ、兄の号令で村中が慌《あわ》ただしくなる。

まだ半人前の花楓は、大人の男たちの作業に交ぜてもらえない。

「菫姉さん」

女性たちを取り纏《まと》める姉に声をかけると、腕まくりをしながら花楓を振り返る。

「花楓、私たちも準備しましょう。彼らがいらしたら、すぐにお持て成しできるように……ご馳《ち》走《そう》を用意して、お酒もね」

「……うん。おれは……薪《まき》を用意して、かまどの準備をしておく。罠《わな》を確認して……猪《いのしし》が獲《と》れたら、味《み》噌《そ》煮《に》込《こ》みかな」

姉の言葉に、花楓は大きくうなずいて薪割り小屋へ向かった。

花楓には、兄のようなことはできない。でも、一つでも役に立ちたい。

山の民。山犬族。純人の自分たちとは違う姿の、混合種……。

呼び覚まされる遠い記憶《きおく》は、夢か現実かあやふやで……もし彼らの姿を目にしたら、答え合わせができるだろうか。


日が暮れる頃《ころ》になって、山の民を迎えに行った使者が戻ってきた。

出迎《でむか》えた花楓たちは、その背後にいる三人……頭からすっぽり被《かぶ》ったマントのせいでハッキリと姿を見ることのできない『山犬族』に、深く頭を下げる。

「よくいらしてくださいました。お食事を用意してあります」

「しばらく滞在《たいざい》していただく家に、案内しますので。……花楓」

兄に促《うなが》されて、一歩進み出る。ランプを手にした花楓は、自分より体格のいい三人を見上げて「こちらです」と先に立って歩きだした。

花楓たちの村に言い伝えられている『山犬族』は、純人である自分たちより遥《はる》かに大きく力が強く、気性《きしょう》が荒《あら》い野蛮《やばん》な種族であるということと、混合種故《ゆえ》に半獣《はんじゅう》の醜《みにく》く恐《おそ》ろしい姿をしているということだ。

確かに、三人の……多分男たちは、花楓より体格がいい。頭からマントを被っているせいで体型はよくわからないが、架橋のためにやって来たということからも体力があることに間違いはない。

でも、小山のような大男というわけではなさそうだ。

小屋に到着《とうちゃく》すると、扉《とびら》を開けて内部を指し示す。

「少し狭《せま》いかもしれませんが、こちらの小屋を使ってください。おれ……村長の次男で、花楓といいます。皆様《みなさま》が滞在中の、お世話をさせていただきます。寝具《しんぐ》は用意してあります。飲み水は、そこの水瓶《みずがめ》に。食事はお持ちします。他に必要な物があれば、なんでもおっしゃってください」

花楓の説明に、先頭にいる男がうなずくのがわかった。言葉が通じていないわけではなさそうだが、彼らは一言もしゃべらない。

「あの、お持て成しの宴《うたげ》を……」

「特別なことは不要だ。食事だけ頼《たの》もう。我々は、橋を架けるために来た。それ以外は構わなくていい。作業に関しての、手出しも口出しも結構だ」

ようやく口を開いたかと思えば、抑揚《よくよう》のあまりない低い声で、淡々《たんたん》と簡潔に語る。

ご馳走を用意しようと張り切っていた姉は落胆《らくたん》しそうだが、どんな持て成しを求められるのか戦々恐々《せんせんきょうきょう》としていた花楓にとってはありがたい言葉だ。

若い娘《むすめ》を世話係に……と言い出した大人たちに反発して、自分に任せてくれと説得した花楓も少しだけ拍子抜《ひょうしぬ》けしたが。

「……はい。では、お食事をお持ちしますので少々お待ちください」

小屋の中に入った三人に頭を下げて、食事を運ぶために小道を取って返す。

山の民《たみ》は、凶暴《きょうぼう》？　そんなふうには思わなかった。

むしろ、淡々とした低い声は理知的な印象で……ドキドキする胸を、服の上から押さえる。

「誰《だれ》だよ。気性が荒くて野蛮で、半獣の恐ろしい姿をしている……とか言ったの」

少なくとも、獣《けもの》じみた雰囲《ふんい》気《き》は皆無《かいむ》だった。

マントのせいで手首から先と足元しか見えなかったが、毛むくじゃらでも鉤爪《かぎづめ》でもなく、自分たちと変わらないものだったと思う。

子供の頃のおぼろげな記憶が浮《う》かび、「やっぱり」とつぶやく。

七歳の頃、山で迷子になった花楓は、半日近く山中をさ迷い……山へ続く道の入り口付近で保護された。

木の実を採りに行こうとして迷子になったと言い張り、なんとか一人で戻ってきたのだと大人たちに説明した。

本当のことは、胸の内に秘《ひ》めている。

神域に入ろうとしたこと、祭事場を覗《のぞ》き見しようとしたこと、山の民と遭遇したかもしれない……ということも、誰にも言えなかった。

村が見える所まで送ってくれた、自分たち純人と異なる姿の少年は、ただ綺麗《きれい》で……優《やさ》しくて、彼と過ごした時間は甘い記憶だ。

今では、ハッキリと思い出すことはできないが、蒼《あお》い瞳《ひとみ》と大きな耳、ふさふさの尻尾《しっぽ》は憶《おぼ》えている。

「どこまで夢かな」

少年の姿だけでなく彼と交《か》わした言葉も曖昧《あいまい》で、遠い過去に埋《う》もれそうになっている。

宝箱に大事にしまってある、白い紙に挟《はさ》まれた鮮《あざ》やかな色づいた紅葉《もみじ》の葉が、唯一《ゆいいつ》確かなものだ。

なにか、約束を交わした。それは……なんだろう。

「花楓、どうだった？　なにか、お求めになったか？」

「酒はどれくらい必要だ。猪の丸焼きは？」

「……娘たちの衣装《いしょう》は、どうすればいい」

小道を戻《もど》った花楓を囲み、兄たちが口々に尋《たず》ねてくる。

「あ……ううん、食事だけ用意してくれればいいって。宴も娘たちも必要ない。あとは、彼らが勝手に作業をするから構わなくていい……って」

花楓の言葉に、兄たちは拍子抜けしたように目をしばたたかせて緊張《きんちょう》を解く。

気持ちはわかる。花楓も、同じように肩《かた》の力が抜けたのだから。

「……本当か？」

「それは……ありがたい」

「では、食事を……」

ふっと息をついた兄は、炊事《すいじ》場《ば》にいる女たちに「おい、膳《ぜん》を準備しろ」と声をかけて、花楓に向き直った。

「彼らの世話を任せていいか」

「はい。おれができることなんて、それくらいだから」

花楓が迷わずうなずくと、兄はほんの少し眉《まゆ》を顰《ひそ》めてなにか言いたそうな顔をして……ポンと頭に手を乗せてくる。

「重要な役目だ。頼んだぞ」

「……もちろん承知です」

滅多《めった》にない兄からの「頼み」が嬉《うれ》しくて、頬《ほお》が緩《ゆる》む。

花楓は、精いっぱい『彼ら』のお世話をしようと心に決めて、炊事場を取り仕切る母親や姉のもとへ向かった。

□□□

山犬族の彼らの仕事は素早《すばや》く正確で、三日後には流されていた橋の大部分が元通りに架《か》け直されていた。

村の住人が手伝いを申し出ても、荒縄《あらなわ》を用意して欲しいとか切り出した大木から枝を払《はら》っておいてくれとか、子供でもできる軽作業ばかりで、作業のほとんどを三人だけで進めてしまった。

流れの速い川に腰《こし》まで浸《つ》かって支柱を川底に打ち込んでいたとか、一人で大木を三本担《かつ》いで運んだとか。

漏《も》れ聞こえるのは、自分たちでは不可能なことばかりだ。

世話係の花楓にも一切《いっさい》無理を言うことなく、ほとんど言葉を交わさず……微妙《びみょう》な距離《きょり》を保ったまま、五日目の夜が来た。

明日の午前中にはすべての作業が終わると聞いているので、花楓が夕食を運ぶのはこれが最後だ。

「あっという間だったなぁ」

積み重ねた膳を抱《かか》えて橋のすぐ傍《そば》の小屋に向かいながら、夜空を見上げる。

雲一つない夜空には満月が浮かんでいて、皓々《こうこう》とした光を放っている。おかげで、ランプを持つ必要がない。

小屋の前まで辿《たど》り着くと、戸口から声をかけた。

「お食事をお持ちしました」

「……ご苦労。置いて行ってくれ」

「はい」

扉を開けてすぐ、土間の隅《すみ》にある大きな石の台に重ねた膳を置く。ついでに昼食に使用した膳を引き取り、帰る。

「では、明日の朝食時に。ご希望はありますか？」

「いや、特にない。お構いなく」

「……失礼します」

奥から聞こえてくる声とのやり取りだけで、顔を合わせることはない。

空になった椀《わん》が積まれた三つの膳を両手で持ち、小屋を出た。引き返す足取りは、とぼとぼと力ないものになる。

これでは、世話係というよりも単に食事の配膳《はいぜん》係だ。ろくに役に立っていない。

「おれができることなんか、本当にないんだな」

近い将来村長となる兄のように、最近臥《ふ》せがちな父親に代わって取り仕切ることなどできないのはもちろん……姉のように、家事裁縫《さいほう》や村の食糧《しょくりょう》管理もできない。

　村長の家に生まれたというだけで、なにか特別なことができるわけではない花楓は村のお荷物だ。

　姉や母親は、花楓はまだ子供だから気にしなくていいと言ってくれるけれど、月が替《か》われば十八歳になる。子供だからという言い訳など、もうできない。

「役に立ちたいのに……」

　引き取ってきた膳を炊事場に戻すと、綺麗に洗って水切り場に伏《ふ》せて並べる。

　夜空を仰《あお》ぎ、月明かりに誘《さそ》われるように歩き出した。初秋の空気は澄《す》んでいて、憂鬱《ゆううつ》な気分を吹《ふ》き飛ばすことができそうだ。

「橋、見に行こうかな。ちょっと見るだけなら、いいよね」

　作業中は危険だから近づくなと言われて、橋の修復作業を見学することは許されなかった。残すは仕上げだけということは、もうほとんど完成しているのだろう。

　夜が更《ふ》け、村人たちは寝《ね》静《しず》まっている。ランプの必要がない月明かりの中、人影《ひとかげ》のない静かな小道を歩いていく。

　ザーッと川の流れる音が聞こえてきて、村と対岸を結ぶ橋が見えた。

「すごい。本当に直ってる」

　つい五日ほど前まで無残な姿だった橋は、既《すで》に完成していると言われてもおかしくないほどきちんと整備されていた。

老朽《ろうきゅう》化して、橋床《きょうしょう》の板がところどころ腐食《ふしょく》していた元の橋よりも、立派な佇《たたず》まいだ。

「どうやったんだろ。おれも、見たかったな」

花楓は、山犬族の姿を一度も目にしていないのだ。

最初はマントを被《かぶ》っていたし、以降は声のやり取りだけで……作業の様子を、こっそり覗き見ておけばよかった。

そろりと橋に近づいて、真新しい橋桁《はしげた》に触《ふ》れる。覗き込んだ橋脚《きょうきゃく》は太く、今度は簡単に流されることなどないだろう。

「縄《なわ》が……」

床板《ゆかいた》を結ぶ縄が解けかけているように見えて、膝《ひざ》をついて手を伸《の》ばした。

もう少しで届く……というところで、背後から腕《うで》を摑《つか》まれる。驚《おどろ》いた花楓は、息を呑《の》んで全身を強張《こわば》らせた。

「よせ。まだ、きちんと固定していない。床板が抜《ぬ》けて川に落ちる」

「あ……」

耳のすぐ傍《そば》で聞こえてきた低い声に、無言でコクコクとうなずく。

心臓が激しく脈打っているのは、危ないところを救われたおかげか……人の気配など感じなかったのに、唐突《とうとつ》に腕を摑まれたせいか。

「あの、すみません。ありがとうございました」

危機を警告してくれたのは誰《だれ》なのか確かめようと、謝罪と礼を口にしながら振《ふ》り向く。

聞き覚えのない、大人の男の声だった。

村人ではないとしたら……。

「気をつけろ」

頭からマントを被っているので、顔はハッキリ見て取れない。でも、花楓が見上げるほどの上背とその身なりで、正体を察することはできる。

花楓が話しかけようとしたと同時に、もう用は済んだとばかりに背を向けられた。

「あっ、待っ……て……」

咄嗟《とっさ》に手を伸ばして、マントの端《はし》を摑む。同時に強く風が吹き、長いマントがバサッと翻《ひるがえ》った。

「……ッ」

月明かりに照らされたその姿に、声もなく目を瞠《みは》って立ち竦《すく》んだ。

月光を吸い込んだかのような、白銀の髪《かみ》と……瞳《ひとみ》の色は、蒼《あお》い？

なによりも、白に青灰色《あおはいいろ》の交じったような毛に覆《おお》われた大きな耳、そしてマントに隠《かく》されていた長い尻尾《しっぽ》に花楓の目は釘付《くぎづ》けになった。

これが、混合種……山犬族？

野蛮《やばん》で醜《みにく》い半獣《はんじゅう》だなどと、誰が初めに言い出したのだろう。

それどころか……。

「すごい……綺麗《きれい》だ」

恍惚《こうこつ》とした心地《ここち》で、そろりと右手を伸ばす。もう少しで、大きな耳に届く……という直前で、その手を掴まれた。

「ダメだ。まだ……時ではない」

「と……き？」

まだ時ではない、という言葉の意味を測りかねて、首を傾《かし》げる。

あからさまに怪訝《けげん》な顔をしているだろう花楓に、耳と尻尾のある青年はふわりと華《はな》やかな笑《え》みを浮《う》かべた。

「しばし待て。俺の花嫁《はなよめ》」

唖然《あぜん》としている花楓の指先に唇《くちびる》を押し当てて、頭からマントを被る。身体《からだ》の向きを変えると、花楓の手を握《にぎ》ったまま歩き始めた。

「民家のところまで送ろう。夜中に、無防備に出歩くな」

女子供ではないのだから、夜に出歩いたところで危険などない……と言い返すことはできなかった。

白銀の髪に、蒼い瞳。花楓の手をすっぽりと包む、大きな手。今はマントに隠れて見えない、大きな耳と……ふさふさの尻尾。

なにもかも非現実的で、夢のように美しくて……声を出せば、きっとこの空気を壊《こわ》してしまう。

それを恐《おそ》れた花楓は、唇を引き結んで青年に手を引かれるまま夜の小道を歩いた。

《二》

早朝のうちに橋の修復作業が終わったということで、兄たちが確認《かくにん》のために川へと向かった。

薪割《まきわ》りをしていた花楓は、斧《おの》を持つ手元にぼんやりと視線を落とす。

昨夜の青年は、山犬族の一人に違《ちが》いない。

白……淡《あわ》い青灰色の交じった毛色の、大きな耳と尻尾が目に焼きついている。

瞳が蒼色に見えたのは、月明かりのせいか……本当に彼の瞳があの色だったのか、今となってはあやふやだ。

「綺麗だったな」

花楓を民家の並ぶ村の中心部まで送り届け、なにも言わずに背中を向けた。

半獣の山犬族は野蛮で恐ろしいと聞かされていたのに、綺麗で優《やさ》しくて……握られた手は温かかった。

山犬族は、皆《みな》があれほど美しいのだろうか。それとも、あの青年だけが特別な毛色や瞳の色をしているのか……わからない。

「花楓、薪割りは終わった？　山犬族の方たちはお昼前に出立されるそうだから、お弁当をお持ちいただくことになったの。ご飯を炊《た》いてもらっていい？」

「は、はい。すぐに」

小屋の角から顔を覗《のぞ》かせた姉に名前を呼ばれて、慌《あわ》てて答える。

ぼんやりとしている場合ではない。

ろくに役に立たなかったが、一応自分は山犬族の人たちのお世話係なのだ。お見送りするところまで、役目を務めなければならない。

「汁物《しるもの》とかおかずがないなら、大きなお握りをたくさん作らないといけないよね。お味噌《みそ》を塗《ぬ》って焼いたのと……梅を入れたお握りも作ろう」

斧を手放して薪を拾い集め、小走りでかまどのある炊事場《すいじば》を目指した。


村人総出で、山犬族の三人を見送ることになった。訪問時と同じく、全員がマントを頭から被っている。

食事を運んでいた花楓も、接触《せっしょく》を避《さ》けようとする彼らの姿をきちんと目にしていないのだ。

きっと兄たちも、山犬族がどんな姿形をしているのか知らないだろう。

半獣の混合種、山犬の特徴《とくちょう》を備えているという知識はあっても、実際にその姿を見知っているのは、強風がマントを煽《あお》ったことで偶然《ぐうぜん》目にした……花楓だけだ。

「頑強《がんきょう》な橋を架《か》けてくださり、本当に助かりました。村長は病床《びょうしょう》に臥《ふ》せっているため、代理の私から御礼《おれい》申し上げます。礼品は、何なりとお申し付けください。物によっては、後日改めて……になるのですが」

三人の山犬族の前で、兄が深々と頭を下げる。後ろに控《ひか》えた花楓たちも、丁寧《ていねい》なお辞儀《じぎ》をして謝意を伝えた。

自分たちでは、冬までに橋脚《きょうきゃく》を修復して架け直すことなど不可能だったに違いない。

兄の背中からは、牛を十頭と言われても、ヤギを二十頭と言われても、米を五俵求められても……可能な限り応じようという覚悟《かくご》が見て取れた。

三人の山犬族は、顔を突《つ》き合わせて何やら短く言葉を交《か》わしている。マントの向こうで、どんな顔をしているのか……なにを話し合っているのか窺《うかが》うことはできなくて、返事を待つ時間がやけに長く感じた。

「村長代理」

「は、はい」

山犬族の一人が大きく一歩踏《ふ》み出して、静かな声で兄に呼びかける。兄は、緊張《きんちょう》を帯びた声で答えて姿勢を正した。

彼らのあいだで、どんな結論が導き出されたのか。

花楓を含《ふく》む村人たちは、息を呑《の》んで見守るしかない。

「こちらの村から我が一族の頭領に、花嫁を貰《もら》い受けたい。丁重《ていちょう》に持て成すことを約束しよう」

「は……花嫁を？　しかし、急にそのようなことを言われましても……」

動揺《どうよう》した声で答える兄の言葉を、村人たちのどよめきが掻《か》き消す。

花楓の耳にも、「恐ろしい見返りを」だとか「うちの娘《むすめ》はやらん」とか、「嫁入りではなく喰《く》らうための生贄《いけにえ》だろう」というひそひそ声が届く。

この機に直《じか》に接していない村人たちは、山犬族を野蛮で恐ろしい半獣だと信じているのだから、当然だ。

でも食事を届け続けた花楓は、彼らが理知的で……勤勉で、決して暴力的ではないことを知っている。

「花楓……」

「菫姉さん、おれの後ろに隠《かく》れて」

不安そうに名前を呼んだ姉を、こっそりと自分の背中に隠す。嫁入りに適した年頃《としごろ》の女性はさほど多くなく、器量のいい姉が彼らの目に留まる可能性は高い。勝手だとわかっているが、姉の山犬族への嫁入りは歓迎《かんげい》できなかった。

では、どの娘ならいいのか……嫁取りの意味合いが、万が一『生贄』と同等のものであるなら、気安く嫁に行ってくれなどと言えるわけがない。

黙《だま》り込んだ兄の苦悩《くのう》が、手に取るようにわかる。

背後に立つ二人を振《ふ》り向いた山犬族は、そのうちの一人からなにか耳打ちをされ……小さくうなずいて、こちらに向き直った。

「……そこの」

真っすぐに指差されたのは、花楓が背後に匿《かくま》った姉……ではない？

自分の胸元《むなもと》を指差した花楓に、山犬族は「そうだ」とうなずく。焦《あせ》った様子で割り込んできたのは、兄だった。

「お、お待ちください。選んでいただいたことは光栄ですが、その者は」

「お受けします」

兄の脇《わき》から進み出た花楓がきっぱりと言い切ると、これまでの比ではないざわめきが村人たちのあいだに広がった。

当然だ。花楓に『花嫁《はなよめ》』の資格などないということは、誰《だれ》もがわかり切っている。チラリと見遣《みや》った兄は、蒼白《そうはく》な顔面で立ち尽《つ》くしている。

「大したものは持参できませんが」

「その身一つで結構。このまま我らに同行してもらおう」

「……わかりました。ただ、少しだけ、準備に時間をください。家人に、挨拶《あいさつ》もしておきたいので」

「日暮れまでに帰り着きたい。正午には出発する」

「十分です」

花楓の答えを確認すると、山犬族の三人は「今一度、橋の点検をしておこう。後ほど迎《むか》えに来る」と言い残して川へと向かった。

彼らの姿が完全に見えなくなってから、駆《か》け寄ってきた姉に腕《うで》を掴《つか》まれる。

「花楓っ。なんてことを……あなたが嫁入りなんて」

「おれが騙《だま》したわけじゃない。女と勘違《かんちが》いしたんだろうけど、あっちが選んだんだ。男だとバレても、責められる謂《いわ》れはない。他《ほか》に……誰を差し出す？　おれが彼らのもとに行くのが、最善の策だ」

後半は、兄に向かって語り掛《か》ける。

年頃の娘を持つ村人たちは、そそくさと娘の手を引いて自宅へ戻《もど》り……広場は、先ほどまでの喧騒《けんそう》が嘘《うそ》のように静かになった。

「……父さんの意見を聞こう」

「きっと、おれと同じ結論を出すよ」

病床の父親に寄り添《そ》っている母親は、姉と同じように『花楓の嫁入り』に難色を示すかもしれない。けれど、他に打つ手はないだろう。

村長の家に生まれたことの意義はなにか、ずっと模索《もさく》していた。そんな自分が、ようやく皆《みな》の役に立つことができるのだ。

花嫁という名の生贄となり、山犬族の頭領に喰われるのかもしれない。

しかし、それが架橋の対価だとすれば、安いものだ。

□□□

花楓は、彼らのように山道をやすやすと歩けない。

同年代の少年の中では平均的な体力だと思うのだが、体格も身体能力も純人とは異なる混合種の彼らとは、比べようもなく非力だ。

何度目か木の根に躓《つまず》いた時、見かねたのか花楓の背後を歩いていた山犬族がしゃがみ込んで背を向けてきた。

「乗れ」

「いえ、でも……」

「このままでは、日暮れまでに郷《さと》に辿《たど》り着けない」

そう言われてしまっては、自分の足で歩くからいいと頑《かたく》なに言い張ることはできなかった。

花楓を背負った山犬族は、重みなど感じていないかのように軽《かろ》やかな足取りで険しい山道を進んだ。

マント越《ご》しに背中にしがみつき、子供のように運ばれるのは恥《は》ずかしいが、広い背中に負われるのは心地《ここち》よかった。

衣服越しに、ほんのりとした体温が伝わってくる。

低く、優《やさ》しい声をしていた。夜に、橋の所で逢《あ》った山犬族の青年だろうか。

確証はないのに、そんな気がしてドキドキする。

マントに隠されている耳か尻尾《しっぽ》を見ることができれば、あの山犬族と同じかどうかわかるはずなのに……。

「もうすぐだ。その谷にかかる橋を越《こ》えれば、我《われ》らの郷に入る」

「……はい」

たくましい肩越《かたご》しに進行方向を見遣ると、確かに谷に架かる吊《つ》り橋が見える。花楓の村に架けられた橋よりも、ずっと長くて立派なものだ。

この立派な吊り橋が架けられるのなら、五日もかからずに村の橋を修復することができたのにも納得《なっとく》だ。

花楓を背負った青年は、縦一列で吊り橋を渡《わた》る山犬族のしんがりを行く。

太い縄《なわ》を幾重《いくえ》にも編んで渡された吊り橋は、上下左右にゆらゆら揺《ゆ》れて少し怖《こわ》かったが、この背中に身を預けていれば大丈夫《だいじょうぶ》だと不思議なくらい落ち着いていられた。

「お帰りなさいっ」

橋を渡り切って小道を少し歩いたところで、突然《とつぜん》小さな人影《ひとかげ》が飛び出してくる。

焦《こ》げ茶色の大きな耳と、尻尾を持つ十歳くらいの子供は……青年に背負われている花楓に気づくと、ぽかんと口を開けた。

「……え……純人？」

「頭領の花嫁だ。丁重に迎えるように伝えろ」

「は、はいっ」

先頭に立つ青年の言葉に大きくうなずいた子供は、身を翻《ひるがえ》して走っていった。マントを纏《まと》ったままの三人は、その後を追うように小道を歩いていく。

先ほどの子供は、耳や尻尾を隠そうとしていなかった。焦げ茶色の耳と同じ毛色の尻尾は、花楓が唯一《ゆいいつ》目にしたことのある山犬族とは異なるものだ。

皆が、同じ毛色をしているわけではないのだろうか。

声に出すことのできない花楓の疑問は、小道を抜《ぬ》けた先……出迎《でむか》えの列を作っていた山犬族の姿を目にしたことで、解ける。

「お帰りなさいませ。花嫁様もご一緒《いっしょ》だなんて……おめでたい」

「急なことで、お迎えの準備も整えられておりませんが……」

「急いでお部屋を整えておりますので、夕食を召《め》し上がりながらお待ちください。お召し物は、こちらで用意させていただいても？」

「あ、あの……いくつか自分のものを持ってきました」

背負われていた青年の背から地面に下ろされた花楓は、自分を取り囲む山犬族の女性たちに困惑《こんわく》した。

野蛮《やばん》だとか、半獣《はんじゅう》の凶暴《きょうぼう》な……とか、とんでもない認識《にんしき》の誤りだ。少なくとも彼女たちは、花楓の住む村の女性たちよりも華《はな》やかな衣服を身に着けている。たっぷりの薄布《うすぬの》を重ね、色鮮《いろあざ》やかで……優美だった。

大きな耳や尻尾は、焦げ茶色だったり墨色《すみいろ》だったり、白と薄茶色が混じったものだったりと多彩《たさい》だった。

衣服の華やかさも目を惹《ひ》くが、唇《くちびる》に紅を差している女性が大勢いることにも驚《おどろ》いた。花楓の村では紅を含《ふく》む染料《せんりょう》は貴重品で、婚礼《こんれい》の祭事や秋の収穫《しゅうかく》祭、正月といった特別な日にしか使うことができない。

山犬の混合種であることの証《あか》し、耳と尻尾さえ見えなければ、行商人から聞いたことのある宮中の姫《ひめ》のようだ。

「お郷からお持ちになったものも大切でしょうけど、よろしければこちらのものをお召しになってください。綺麗《きれい》な方で、着飾《きかざ》りがいがありますわ」

「はぁ……」

楽しそうに花楓を囲む若い女性たちは、そのほとんどが村では決して小柄《こがら》なほうではない花楓よりも上背がある。

青年たちも頑健《がんけん》な体躯《たいく》をしているので、これは山犬の混合種である彼らの特徴《とくちょう》なのだろう。

花嫁《はなよめ》になることのできない性別であることを、一目で見破られたらどう言い訳をしようかと道中ずっと考えていた。けれど、この様子なら即座《そくざ》に花嫁として不適格の烙印《らくいん》を押されることはなさそうだ。

予想外の歓迎《かんげい》に困惑した花楓は、「こちらへ」「さぁ、さぁ」と女性たちに手を引かれるまま大きな建物に向かう。

少し歩いて振《ふ》り向いたけれど、マント姿の青年たちの姿はもうそこになかった。

険しい山道を背負って歩いてくれた青年に、きちんとお礼を言うことができなかった。しっかり姿を見ていないので、次に逢った時には『彼』がわからないかもしれないのに……。

「お名前を伺《うかが》っても？」

「花楓です」

「花楓様。素《す》敵《てき》なお名前」

「純人の方は、皆様《みなさま》これほどたおやかで美しいのですか？」

前後左右からのべつ幕なしに話しかけられた花楓は、ろくに受け答えができない。

それを、「控《ひか》え目ですこと」と受け止められたのは幸いだが、賓客《ひんかく》のような扱《あつか》いに困惑は増すばかりだった。

頭領の花嫁は、生贄《いけにえ》という意味ではないのだろうか。

これでは、真の意味で歓待《かんたい》されて祝われているようで、『花嫁』を装《よそお》う花楓のほうが悪いことをしているみたいだ。

騙《だま》していることの罪悪感で、胸がチクチクと疼《うず》く。

でも、もし伝承の通り最終的には山犬族の頭領の牙《きば》にかかるのなら……性別の違《ちが》いなど、些《さ》細《さい》な問題だろう。

そう自分に言い聞かせることで罪悪感に蓋《ふた》をして、唇を噛《か》んだ。

「花楓様。白酒はいかがですか？」

「いえ、もう……十分です」

「雉《きじ》の蒸《む》し物は？　鯉《こい》のほうがお好きかしら？　それとも、小豆餅《あずきもち》を召し上がりますか？」

「す、すみません。せっかくですけど、これ以上は……」

次から次へとご馳走《ちそう》を勧《すす》められ、断るのは失礼かと思いなんとか箸《はし》を口に運んでいたけれど……限界だ。

花楓が満腹であることを告げると、花楓付きだと自己紹介《しょうかい》をした女官たちは見る見るうちに肩を落とした。

「元々、食が細くていらっしゃるので？　ご遠慮《えんりょ》なさっているのではなくて？」

「こちらの氷菓子《こおりがし》も、是非《ぜひ》召し上がっていただきたいのですけど」

木の匙《さじ》を添《そ》えた硝子《ガラス》の器《うつわ》を差し出されて、反射的に受け取ってしまう。期待に満ちた目で見つめられると、「無理です」と突《つ》っ返すことなどできなかった。

雪のような氷粒《こおりつぶ》を掬《すく》い、口に入れる。冷たさを感じたのは一瞬《いっしゅん》で、舌の上でさらりと溶《と》けて……甘い。

「あ……美味《おい》しい」

思わずつぶやいた花楓に、氷菓子を差し出してきた女官……黒い毛の菖蒲《あやめ》と名乗った女官が嬉《うれ》しそうに笑う。

「ヤギの乳を甘く煮《に》た蜜《みつ》をかけてあるんです。花楓様のお口に合ったのでしたら、嬉しいです」

「うん……あの、菖蒲さん。胡桃《くるみ》さんも」

菖蒲と、もう一人の薄茶色の毛色をした胡桃に目を向ける。

花楓が改まって名を呼んだせいか、二人は居住まいを正して緊張《きんちょう》を漂《ただよ》わせた。

「年もほとんど変わらないはずですし、そんなに畏《かしこ》まって気を遣《つか》わなくていいので、普通《ふつう》にしてください」

そう口にした花楓に、二人は「いえいえ」「とんでもない」と首を左右に振る。

ふかふかの座布団《ざぶとん》に腰《こし》を下ろした花楓に向かって、両側からまくし立ててきた。

「お優《やさ》しいお言葉ですが、頭領のお嫁様に失礼があってはなりません」

「わたくしたちは、花楓様に不自由なく過ごしていただくために仕える立場です。名誉《めいよ》ある責務ですわ」

「どうかお気遣いなく、花楓様は婚礼の儀《ぎ》までゆったりとお過ごしください」

あまりの勢いに、花楓は「は、はい」と小刻みにうなずく。

山犬族の婚礼の儀は、満月の夜だと決められているらしい。

婚礼の儀までは、件《くだん》の頭領と顔を合わせることがない……と聞かされて、気合いを漲《みなぎ》らせていた花楓は拍子抜《ひょうしぬ》けしてしまった。

菖蒲と胡桃という専用の二人の女官を付けられたことといい、こちらをお使いくださいと通された立派な建物といい、ふんだんに振る舞《ま》われる豪華《ごうか》な食事といい……分不相応な扱いだとしか思えない。

肉付きがよくないから、頭領に差し出すまでに少しでも脂《あぶら》の乗りをよくしておこうという魂《こん》胆《たん》か？　とも考えたけれど、短期間ではさほど旨味《うまみ》が増すことはないだろう。

「婚礼の儀まで、五日しかありませんわ。衣装《いしょう》合わせと、髪《かみ》やお肌《はだ》のお手入れと……大忙《おおいそが》しですから、ゆったりとお過ごしいただけるかどうかわかりませんが」

「わたくしたちが、不自由は一切《いっさい》感じさせませんから。どうかご遠慮なく、ご要望は何なりとお申し付けくださいませ」

菖蒲と胡桃に左右の手を握《にぎ》られて、「……はい」と、首を上下させる。

山犬族の、というより『頭領』の真意は花楓が一人で考えていたところで見当もつかない。

ただ、婚礼の儀が行われれば、嫌《いや》でもわかるはずだ。

考えるだけ無駄《むだ》か……と小さく息をついて、乳白色の冷水となった氷菓子を硝子の器から直接飲んだ。

粗野《そや》な仕草のはずだが、菖蒲と胡桃は「お気に召《め》されました？」「お代わりはいかがですか？」と嬉々《きき》として話しかけてくる。

「いえ、もう……本当に十分です」

空になった器を膳《ぜん》に置くと、菖蒲が立ち上がった。

「では、湯殿《ゆどの》の準備をいたします」

着物に尻尾《しっぽ》用の穴があるのか、黒い尻尾を左右に揺《ゆ》らしながら部屋を出て行く。花楓と二人で残された胡桃は、

「わたくしは、膳の片付けと寝具《しんぐ》のご用意を」

そう言いながら、使い終えた器を積み重ねて膳を両手に持った。

「あ……」

咄嗟《とっさ》に口を開きかけた花楓は、どう呼び止めればいいのかわからなくて、視線を泳がせる。

なにを言えばいい？　今、この場に相応《ふさわ》しい台詞《せりふ》は……。

「ご馳走さま……でした」

パッと頭に浮《う》かんだ一言を口にすると、胡桃は微笑《ほほえ》んで「今宵《こよい》は大したお持て成しもできませんで」と耳を伏《ふ》せる。

「お好みの食べ物がございましたら、お申し付けくださいませ。しばし、お時間をいただきます」

胡桃が足音もなく部屋を出て行くと、ようやく一人きりになって……全身の力が抜けるのを感じた。

改めて見回した部屋は、花楓が生まれ育った村の家屋とは様相が違う。床《ゆか》の間には草を編んだ敷物《しきもの》が敷《し》き詰《つ》められているし、大きな窓を塞《ふさ》ぐのは木戸ではなく月光を透過《とうか》する薄紙《うすがみ》が貼《は》られている。

座布団も、尻《しり》の下に敷き込むのが心苦しいほどふかふかで……ランプの灯《あか》りは、これまで見たことがないほど眩《まばゆ》い。

花楓はまだ山犬族の郷《さと》のほんの一部しか知らないが、自分たちの村よりも文明的な生活環《かん》境《きょう》であることは想像に難《かた》くない。

「気性《きしょう》が荒《あら》くて野蛮《やばん》で、半獣《はんじゅう》の恐《おそ》ろしい姿をしている？　菖蒲と胡桃を見たら、そんなこと誰《だれ》も言えなくなるだろうな」

愛嬌《あいきょう》がある笑顔《えがお》でよく働く彼女たちは、耳も尻尾も愛らしい。花楓がか弱い女性だと信じているせいもあってか、むず痒《がゆ》いほど世話を焼きたがる。

村人たちは真の姿を知らないから、過剰《かじょう》に恐れているだけで……花楓がこれまで目にした山犬族たちは、優《すぐ》れた容姿と身体能力を有していると思う。

なにを思って、異種族の花楓を花嫁《はなよめ》に乞《こ》うたのだろう。もしも喰《く》うつもりでないのなら、どんな目的がある？

「本人に、直接訊《き》くしかないかな。顔を合わせるなり喰いつかれるってことは、さすがにないだろうし」

薄桃《うすもも》に紅《くれない》に純白に……透《す》けるような薄布を幾重《いくえ》にも重ね、浅葱《あさぎ》の帯を結ばれている自分の身体を見下ろして、ため息をつき……苦笑《くしょう》を滲《にじ》ませた。

「婚礼《こんれい》の儀、か。逢《あ》ったこともない純人を、本気で嫁にする気じゃない……よな？　なにか目的があるんだろうけど、いざとなったら……逃《に》げるしかないか？」

山犬族の頭領がどんな人物なのか、まだわからない。でも、間違いなく体格で劣《おと》っているはずの花楓が、逃げ出すことなどできるのか？

無事に逃げおおせる可能性と、男であることを知られて怒《いか》りを買い、食い殺される可能性と……どちらが高いのか、今は考えずにいよう。

婚礼の儀は、月が満ちる五日後だ。

その日になれば、嫌でも顔を合わせるのだろうから……。

《三》

光の当たり方によって微妙《びみょう》に異なる『白』の布を幾重《いくえ》にも重ねた衣装《いしょう》は、高潔で凜《りん》とした美しさを纏《まと》っている。

婚礼《こんれい》の儀《ぎ》が終わるまで、伴侶《はんりょ》となる頭領以外に顔を見せてはならない決まりがあるらしい。

そのため、花楓は薄布《うすぬの》を一枚、顔を隠《かく》すようにして頭から垂らされている。布を固定しているのは、見たことのない美しい蒼《あお》い石で作られた髪留《かみど》めで、山犬族は耳飾《みみかざ》りとして使うものだろう。

「花楓様、お綺麗《きれい》ですわ」

「月明かりを浴びて、全身が輝《かがや》いているみたい」

菖蒲と胡桃に付き添《そ》われて、紅葉《もみじ》が鮮《あざ》やかに色づく庭を横切る。

花楓に注目している山犬族の姿が無数にあるのに、誰一人《だれひとり》口を開くでもなく不思議な静けさに包まれていた。

頭領の婚礼の儀を見守るために集まっているのかもしれないが、花楓が逃《に》げ出さないように監視《かんし》されているようにも感じる。

じゃりじゃりと履物《はきもの》の底が庭の土を踏《ふ》む音が聞こえるほどの静寂《せいじゃく》に、緊張《きんちょう》で喉《のど》がカラカラに渇《かわ》いた。

婚礼の儀までの五日間、山犬族の郷《さと》で過ごしていくつかわかったことがある。

花楓の生まれ育った村よりも豊かで、規律正しい生活をしている。山犬族の家には、花楓が初めて目にする生活道具がたくさんあった。

婚礼の儀まで逢《あ》えない決まりらしく、頭領とは一度も顔を合わせていない。

でも、菖蒲や胡桃の言葉の端々《はしばし》からは山犬族の皆《みな》に慕《した》われて、敬われていることは伝わってきた。だからこそ、嫁入《よめい》りする花楓も丁重《ていちょう》に扱《あつか》ってくれるのだろう。

そして、花楓が滞在《たいざい》する建物は頭領が住むお屋敷《やしき》と同じ敷地《しきち》にあり、本来は夫婦《ふうふ》が水入らずで過ごすための離《はな》れであることも知った。

道理で、やけに豪奢《ごうしゃ》な調度品があったり、繊細《せんさい》で美しい竹細工のランプが置かれていたり、色とりどりの鮮やかな糸が織り込まれた敷物が敷《し》かれていたりするわけだ。

身の回りの世話をする女官が二人もつけられ、肌触《はだざわ》りのいい着物で着飾られ……初めて目にする珍《めずら》しい果物や、木の実を使ったお菓子《かし》まで振《ふ》る舞《ま》われる。

花嫁という名の生贄《いけにえ》ではないかと眉《まゆ》を顰《ひそ》め、山犬族の頭領に喰《く》われるのではと涙《なみだ》ぐんでいた姉や母親が知れば、驚《おどろ》くほどの厚遇《こうぐう》だと思う。

「花楓様、足元にお気をつけて」

「段の一番上で履物を脱《ぬ》いでくださいね」

左右の菖蒲と胡桃に促《うなが》されて、短い石の段を上がる。屈《かが》み込んだ二人に手伝われて一番上で履物を脱ぎ、板張りの床《ゆか》に足を上げた。

本来の玄関《げんかん》ではなく、庭に面した大きな窓のような出入り口だ。格子《こうし》状に細かく竹が組まれた扉《とびら》があり、菖蒲がその奥に声をかけた。

編み込まれた竹の隙間《すきま》から細かな光は漏《も》れ出ていたけれど、部屋の中の様子はわからない。

「花楓様が到着致《とうちゃくいた》しました」

短い間があり、内側から扉が左右に開かれる。花楓は、無意識に身体《からだ》の脇《わき》で両手を握《にぎ》り締《し》めて息を詰《つ》めた。

とうとう、山犬族の頭領が登場する……と緊張を全身に張り巡《めぐ》らせる。膝《ひざ》が震《ふる》えそうになり、足の裏に意識を集中させなければ無様にふらつきそうだった。

広い室内にはランプがいくつも点《とも》されていて、昼間のような明るさだ。

花楓は薄布越《ご》しに視線を向けて、様子を窺《うかが》う。

扉を開けたのは黒い毛に覆《おお》われた耳の若者で、服装や短刀を腰《こし》に下げていることから近《この》衛《え》兵だろうか。

頭領はこの部屋の奥にいるはずだが、花楓がいる場所からはよく見えない。なによりランプの灯《あか》りが眩《まぶ》しくて、目がチカチカする。

「頭領は、そちらに。花嫁様は、お隣《となり》におかけになってください」

黒毛の若者の言葉に、小さくうなずくので精いっぱいだ。

花楓が緊張のあまり倒《たお》れそうになっていることは、両隣《りょうどなり》の菖蒲と胡桃には手に取るように察せられたに違《ちが》いない。

左右の手を、二人にそっと握られる。

「花楓様。お手を」

「ゆっくりと足を運ばれてください」

この五日間で、友人のような姉のような、心強い存在になっている二人の付き添いは、張り詰めていた花楓の緊張をわずかながらでも緩《ゆる》めてくれた。

敷物に躓《つまず》いて転ばないよう、足元に視線を落として慎重《しんちょう》に足を運ぶ。

菖蒲と胡桃の手を借りて分厚い座布団《ざぶとん》に腰を下ろすと、一気に力が抜《ぬ》けそうになってしまった。

小さく息をついた瞬間《しゅんかん》、菖蒲の言葉によって現実に引き戻《もど》される。

「花楓様。こちらの盃《さかずき》のお酒を、一口だけ含《ふく》んでください。次に、頭領と盃を交換《こうかん》してそちらも一口。最後に、二つの盃のお酒を混ぜたものを二つに分け、同時に飲み干してください」

そうだった。

儀式は、まだ始まってもいないのだから、気を抜いてはいけない。

「わ、わかった」

手渡《てわた》されたのは、木や硝子《ガラス》ではなく、キラキラと光る金属の盃だ。両手の中に収まる大きさなのに、見かけよりずっと重い。

きっと、特別な時にしか使用されない器《うつわ》で……これが『婚礼の儀』なのだと、今更《いまさら》ながら実感した。

左隣に、嫁入り相手である頭領の気配を感じる。直視できないので、どんな毛色なのかいくつくらいの年齢《ねんれい》なのかもわからない。

顔周りに薄い布を垂らしているおかげで、花楓が一度も頭領を見ようとしていないことは悟《さと》られていないはずだ。

視界の端《はし》に、壁沿《かべぞ》いに座っていた誰かが立ち上がるのが見えた。

「皆様《みなさま》、お揃《そろ》いですかな。今宵《こよい》の宴《うたげ》は、純人の花嫁を我が頭領が娶《めと》る目出度《めでた》いものです。それに先立ちまして、婚礼の儀を執《と》り行います。証人は、神官である私とここに立ち会ったすべての民《たみ》であります」

神官？

そろりと顔の前にある薄布越しに窺うと、真っ白な耳と尻尾《しっぽ》、たっぷりの髭《ひげ》を蓄《たくわ》えた老人がすぐ傍《そば》にいる。

神官という言葉どおり、高貴な色である美しい紫色《むらさきいろ》に染められた衣装を身に着けていた。

「お心に変わりはありませんかな」

「ああ」

問いかけに、短く答える低い声が耳に入り、ビクッと肩《かた》を震わせる。

顔を合わせたことも口をきいたこともない相手なのだから、心変わりもなにも、あったものではないだろうと心の中でつぶやいた。

「花嫁様。あなたは」

「……はい」

答えとして、これが正しいかどうかはわからない。ただ、今の花楓にできることは頭を上下に揺《ゆ》らすことのみだ。

「では、誓《ちか》いの盃を」

言われた通りに、手元の盃に口をつける。口に含んだのはたった一口なのに、強い酒なのか喉が熱くなった。

スッと手元から盃が取り上げられ、別のものを握らされる。

当初の説明の通りに盃の交換が終わり、最後に「一息で」と手渡された盃の中身を一気飲みした。

一連の儀式のあいだ、隣の頭領は終始無言で……自分が花嫁として望まれているのかどうか、真意を読むことはできない。

あの青年は、なにを思って居並ぶ村人の中から花楓を選んだのだろう。

その疑問は、山犬族の郷に辿《たど》り着く前から頭の中を巡っている。

器量のいい娘《むすめ》は、他《ほか》にいくらでもいた。頭領の年齢は聞いていないが、釣《つ》り合う年頃《としごろ》の相手が花楓だったとか？

神官は、純人の花嫁を娶ることが目出度い……という言い回しをしていた。ということは、純人ということに意味があるだけで、花楓でなくてもよかった？

……わからない。

あの時の青年に直接訊《き》くしかないのかもしれないが、マントを被《かぶ》っていたせいで道中もきちんと顔を見ていない。

今となっては、誰《だれ》があの青年だったのか花楓に知る術《すべ》はないのだ。

でも……もう、どうでもいいか。婚礼《こんれい》の儀《ぎ》をやり過ごすことができれば、花楓の役目も終わりだ。

あとは、喰《く》うなり山に捨てるなり……好きにしたらいい。

このところずっと思い悩《なや》んでいたことが、白い霞《かすみ》に覆われる。なんとなく愉快《ゆかい》な気分になり、ふらふらと身体が揺れて誰かに肩を抱《だ》き寄せられた。

「花楓様、しっかり。気分は悪くないですか？」

「……お酒に弱かったのでしょうか」

「んー……ん、いい気分」

ふわふわ飛んでいるみたいで、心地《ここち》いい。目の前がぼやけて見えるのは、髪留《かみど》めで頭につけられている薄布《うすぬの》のせいだろうか。

「これ、いらない」

「……ダメだ」

邪魔《じゃま》だな……と払《はら》い除《の》けようとしたら、誰かに手を摑《つか》まれた。花楓の手をすっぽりと包み込むことのできる、大きな手……だ。

「今宵、花嫁《はなよめ》の顔を見ることができるのは俺だけだ。頃合《ころあ》いを見て、抜け出すが……」

耳のすぐ傍で、心地いい……眠《ねむ》りを誘《さそ》うような、優《やさ》しい声が聞こえる。

花楓の肩を抱く、力強い手の主の声だろうか。

「後のことは、わたくしたちにお任せください」

「あの、花楓様を……、どうか」

「胡桃っ！　胡桃が、差し出がましいことを申し上げそうになりました。ご無礼をお許しください」

胡桃と菖蒲の声が、遠くから聞こえる。胡桃を怒《おこ》らないで……と口を開きかけたのに、声にならない。

もどかしさに唇《くちびる》を嚙《か》む花楓の思いを、低い声が代弁してくれた。

「気にしなくていい。花楓のことを思っての気遣《きづか》いだろう。今日まで花楓の世話をしてくれていたのは、おまえたち二人か。ずいぶんと心を寄せているようだな」

花楓、と言った？

それも、ずっと前からの知り合いを呼ぶような親しみ深い空気を纏《まと》っていた。

「僭越《せんえつ》ながら、花楓様は愛らしくて、お優しくて……私たち二人とも、花楓様が大好きです」

「純人の方と初めて身近に接しましたが、聞かされていたよりずっとか弱くて、たおやかで……お守りしたい気分になります」

どくどく鼓動《こどう》を速めた心臓の音がうるさくて、菖蒲と胡桃の言葉は途切《とぎ》れ途切れにしか花楓の耳に届かない。でも、一生懸命《いっしょうけんめい》に「好き」と「大切」を伝えようとしてくれているのは感じ取れた。

花楓も、二人に同じ思いであることを言い返したいのに……声にならない。

「心強いな。これからも、花楓を頼《たの》む。傍で護《まも》り、親しくしてやってくれ」

「それは、もちろんでございます」

「もったいないお言葉で……」

また、花楓の代わりに思っていることを言ってくれた。

花楓の身体《からだ》を、宝物のようにそっと抱き寄せる、優しい声のこの人は……誰？

身体はふわふわと軽いのに、なぜか瞼《まぶた》は重くて目を開くことができない。

あたたかくて、気持ちいいな……と隣《となり》の誰かに頭をもたせ掛《か》けると、全身の力を抜《ぬ》いて身を預けた。

□□□

「あ……れ？」

ピクリと瞼を震《ふる》わせた花楓は、ゆっくりと目を開けてまばたきを繰《く》り返した。

淡《あわ》い橙色《だいだいいろ》の光は、ランプの灯《あか》りだ。寝心地《ねごこち》のいい寝具《しんぐ》に横たわっていて……でも、天井《てんじょう》の飾《かざ》りがいつもと違《ちが》う？

「目が覚めたか。あまりにも気持ちよさそうだから、寝かしていたが……朝まで放《ほう》っておかれるかと思ったぞ」

目の前に影《かげ》が落ちて、そっと髪に触《ふ》れられる。

姉の手ではない。菖蒲や胡桃のものでもない、長い指……大きな手だ。なにより、花楓を呼んだ声は低い男のものだった。

誰が、とまばたきを繰り返していた花楓の頭に、眠りに落ちるまでの出来事が唐突《とうとつ》に呼び覚まされる。

「あ……あっ！」

思い出した！

山犬族の頭領との『婚礼の儀』で、予想外に強かったお酒を飲んで……愉快な気分になったことはぼんやり憶《おぼ》えているが、途中で記憶《きおく》がぷつりと途切れている。

けれど状況《じょうきょう》からして、花楓の髪に触れている手の主は婚姻《こんいん》を結んだ頭領のものに違いない。

「無礼を……っ」

慌《あわ》てて身体を起こすと、クラリと眩暈《めまい》に襲《おそ》われた。ふらついた身体を、長い腕《うで》の中に抱き留められる。

「急に起きるな」

「す、すみません。あの……ここは」

「無粋《ぶすい》な質問だな。初夜の褥《しとね》以外に、なにがある？」

やけに視界が明瞭《めいりょう》だと思ったら、いつの間にか顔を覆《おお》う薄布が取り除かれていた。

花楓を抱き留めている長い腕の主は誰なのか、見当はついているけれど確かめずにいられない。

「……あなたは」

「誰だと思う？」

つぶやいた花楓に、笑《え》みを含《ふく》んだ低い声で聞き返してくる。

イタズラっぽい口調は、予想外のものだけれど……この状況で、誰なのかという問いかけは愚問《ぐもん》だと呆《あき》れられているかもしれない。

「山犬族の、頭領……？」

花楓が恐《おそ》る恐る答えると、身体に回されている腕がピクリと震える。

十数秒の沈黙《ちんもく》が流れ、まさか誤っていたのかと不安がこみ上げてきたところで、ぽつりと言い返してくる。

「蒼月と呼べ」

正解か不正解かの回答ではないが、否定されなかったということは間違ってはいないのだろう。

「蒼月……様」

「ただの蒼月だ。花楓、おまえは俺の伴侶《はんりょ》なのだから畏《かしこ》まる必要はない」

大きな手で顔に触れられて、顎《あご》を上げるよう促《うなが》される。密着していることもあり、至近距離《きょり》で視線が絡《から》んだ。

ぼんやりとした橙色の灯りでも、瞳《ひとみ》が蒼《あお》いことがわかる。髪は白銀……大きな耳は、青灰色《あおはいいろ》の交じった毛に覆われていた。

「あ……」

この優美な毛色と美しい瞳を、つい最近目にしたことがある。

婚礼の儀《ぎ》まで、顔を合わせることのできない決まりなのに、花楓にはこの人を知っているという確信がある。

驚愕《きょうがく》のあまり目を見開き、言葉を失う花楓に、蒼月はイタズラが成功した子供のような笑みを浮《う》かべた。

「愛らしい目が、真ん丸になっているぞ」

「だって……あの、え……？」

この青年が、山犬族の頭領？

間違いなく、村で橋を修復してくれた山犬族の一人だ。

夜、橋の所で遭遇《そうぐう》したのは蒼月だった。まさか、村で『頭領の嫁に』と花楓を選んで指差したのも、蒼月当人だったのだろうか。

そう言えば、花嫁がどうとか言いながら指先に口づけられたような……？

混乱から抜け出すことのできない花楓を前にした蒼月は、なんとも楽しそうな表情をしている。

「花楓。おまえを選び、嫁にと望んだのは俺だ」

やはり、頭領の花嫁に花楓を指名したのは蒼月自身だったようだ。無言で硬直《こうちょく》している花楓に焦《じ》れたのか、蒼い瞳が近づいてきて、ビクッと身体を震わせた。

「あの、でも……」

なにが気に入ったのかわからないが、花楓を選んだ蒼月は、性別を誤解しているに決まっている。

本来花楓は、『花嫁《はなよめ》』になることなどできない存在で……。

「俺の伴侶となるのは不満か」

「違います。蒼月に問題があるのではなく」

「では、抗《あらが》うな」

もうなにも聞きたくないとばかりに、唇《くちびる》を塞《ふさ》がれる。

花楓は身体を震わせたけれど、蒼月は抱《だ》き寄せる腕の力を抜こうとせず、口づけから逃《のが》れることができない。

「ぁ、の」

「歯を食い縛《しば》るな。喰《く》うわけではない」

唇を舐《な》められる感触《かんしょく》に、肩《かた》を強張《こわば》らせる。喰うのでなければ、どうして舐めて……舌を伸《の》ばしてくるのだろう。

薄《うす》く開けた唇の隙間《すきま》から潜《もぐ》り込んできた蒼月の舌と、花楓の舌先が触れ合い、奇妙《きみょう》な感触に身体を震わせる。

背中がぞわぞわする。でも、気持ち悪いのではない。寒くもない。ただ、頭がぼんやりとして、心臓が激しく脈打っているのを感じる。

どうなっているのだろう。もう酒は抜けているはずなのに、酩酊《めいてい》状態だった時と同じように、ふわふわする。

「ん……」

気がつけば、寝具の上に身体《からだ》を横たえていた。ぼうっと手足を投げ出している花楓を、蒼月が見下ろしてくる。

「口づけは初めてか。物慣れない風情《ふぜい》が愛らしいな」

「愛らし……って、でも」

愛らしいと言ってくれるのは、花楓が蒼月の『花嫁』だからで……本来の意味の花嫁にはなれない。

胸の奥がズキズキと痛み、蒼月の蒼い瞳と視線を絡ませた。

「どうして泣きそうな顔をしている。純人のおまえから見れば異形の俺が、恐ろしいか」

「違います。そうではなく……ごめんなさい」

男だと知られれば、喰い殺されるかもしれないと覚悟《かくご》を決めて『嫁入り』し、山犬族を謀《たばか》ったのだ。

優《やさ》しく接してくれる菖蒲や胡桃に罪悪感を刺激《しげき》されて、本当のことを言ってしまおうかと何度も頭を過《よぎ》った。

けれど、婚礼の儀を終えるまでは花楓は『頭領の花嫁』という立場でなければならない。

表向きだけでも、『純人の花嫁』を迎《むか》えたという事実があれば、村は約束を違《たが》えたことにならず……山犬族の頭領も、面目《めんぼく》が立つはずだ。

「何故《なぜ》、謝る？」

かすかに眉《まゆ》を顰《ひそ》め、怪訝《けげん》そうに問われて決意した。

騙《だま》し続けるなど、不可能だ。

花嫁にはなれないのだから、せめてこの身を捧《ささ》げよう。それで許されるかどうかは、わからないけれど。

「おれは、蒼月の花嫁になれません。……この身に触《ふ》れれば、その理由がわかるはずです。架《か》橋《きょう》の恩を仇《あだ》で返すのかと……怒《いか》りを買い、喰い殺されることは覚悟の上です。花嫁は、生贄《いけにえ》としての意味もあると心得ています」

蒼月がどんな顔をするのか怖《こわ》くて見ていられず、視線を逃《に》がす。

身を震《ふる》わせ、意を決して告白した花楓に、蒼月は予想もしていなかった言葉を返してきた。

「ああ……娘《むすめ》ではないからか？　そのことは承知している」

「え……承知、で……。いつから？」

「初めからだ」

短く言い切った蒼月は、花楓の着ている着物の帯を解く。幾重《いくえ》にも薄布を重ねていながら留めてあるものが帯だけだったことで、襟《えり》を摑《つか》んで左右に開かれると呆気《あっけ》なく裸体《らたい》をさらけ出すことになった。

「なめらかで美しい肌《はだ》だ。俺と同じ性を持っているとしても、触れて……可愛《かわい》がることに問題はない。生贄として喰われる覚悟を決めていたくらいなら、俺にその身を差し出すことに不服はないな？」

手のひらを心臓の上に押し当てながら、真っ直《す》ぐな目で見下ろしてくる。

ドクドク……激しい動悸《どうき》が、触れてくる蒼月の手のひらを通して伝わっているはずだ。

「触れてみろ。おまえたち純人とは異なる耳だろう」

花楓の手を取った蒼月は、自分の頭に触れさせる。

獣毛《じゅうもう》の感触が指先をくすぐり、そろりと大きな耳を撫《な》でた。

不思議な手触《てざわ》りだ。表面の毛は少し硬《かた》くて、でも、根元のほうは柔《やわ》らかい。

「これは……もっと、異質だろう」

蒼月の背後で、なにかがバサリと揺《ゆ》れる。

これまでは、花楓の目に触れないよう背に隠《かく》していたのか……たっぷりとした毛量の立派な尻尾《しっぽ》だ。

菖蒲や胡桃のものとは、全然違《ちが》う。

「さ、触《さわ》っても？」

「好きにしろ」

蒼月の許しを得て、耳に触れていた手で尻尾に触れてみた。

白っぽい毛に、青灰色《あおはいいろ》の毛が交じった尻尾は、花楓が知るどの動物の尻尾よりもふさふさで綺麗《きれい》だ。

声もなく触れていると、蒼月が低く尋《たず》ねてきた。

「恐《おそ》ろしくなったか」

「いえ……蒼月は綺麗だから」

蒼《あお》い瞳《ひとみ》に見つめられると、吸い込まれそうな……不思議な心地《ここち》になる。目の前にいる青年を綺麗だと言う以外に、どう表せばいいのか花楓は知らない。

容貌《ようぼう》だけでなく、耳も尻尾も……ただ、美しい。

「おまえは、変わらないな」

夜、修復してくれた橋の所で顔を合わせた時も、思わず「綺麗だ」と口にしたことを思い出したのだろうか。

蒼月は小さく笑い、ジッと見上げる花楓の目元に唇を押し当てた。

「花楓」

まるで、宝物の名を口にするかのような優しい声音《こわね》だと……そんなふうに感じるのは、おこがましい。どうして丁寧《ていねい》に触れてくるのかわからないのに、肌の上を滑《すべ》る蒼月の手が熱くて、心臓の鼓動《こどう》がますます速くなる。

「そうして、俺に身を委《ゆだ》ねればいい」

蒼月の声に命じられれば、呪術《じゅじゅつ》をかけられたかのように身体が動かなくなる。見下ろす蒼い瞳も、花楓を寝具《しんぐ》に縫《ぬ》い留めるのに十分すぎるほど効果的で……抗うことなどできるわけがない。

「ん……全部、蒼月のものだから」

どうとでも、好きにすればいい……その権利が、蒼月にはあるのだから。

細く息をついた花楓は、全身の力を抜《ぬ》いて蒼月に身を任せることを決めた。

もし喰われるのなら、菖蒲と胡桃にきちんとお礼を言っておくべきだったな……と思いながら、瞼《まぶた》を伏《ふ》せた。

《四》

山犬族の朝は、早い。

窓から差し込む朝陽《あさひ》の眩《まぶ》しさに促《うなが》されて、花楓が目を覚ます頃《ころ》には、大半の人が働き始めている。

「ここに来て、怠《なま》け者になったみたいな気がする」

村では、早朝から畑仕事をしたり牛やヤギの世話をしたりすることが多かった。それだけでなく、山に出かけて季節の山菜を探し、薪《まき》として使えそうな木を集めて薪割《まきわ》りをする。しなければならないことは、無数にあった。

でも山犬族の頭領である蒼月に『嫁入《よめい》り』してからは、なにもさせてくれない。

畑仕事をしたいと言えば、菖蒲や胡桃に「とんでもない」と猛反対《もうはんたい》された。

炊事《すいじ》をしたいと言えば、専門の女官がいるので彼女たちの仕事を奪《うば》うなと蒼月に苦笑《くしょう》される始末だ。

「だいたい、この服が不便なんだよな」

花楓が着ている衣服は、動き回ることを想定されていない女性用だ。菖蒲や胡桃も色鮮《いろあざ》やかな服を着ているが、たっぷりとした布を使った洋袴《ズボン》は動きやすさを重視した作りだ。

反して花楓が着ているものは、繊細《せんさい》な薄《うす》い布を重ねた着物に帯を結んであるだけで、足さばきに気を遣《つか》わなければだらしなく開《はだ》けてしまう。

「大人しくジッとしているなんて、性分《しょうぶん》に合わないし……暇《ひま》すぎてカビが生える」

ため息をついて寝具から這《は》い出ると、寝間着《ねまき》である白い肌着《はだぎ》を脱《ぬ》いで肌触《はだざわ》りのいい柔らかな布に袖《そで》を通す。長い帯を巻きつけて腰《こし》の後ろで結んだのとほぼ同時に、襖《ふすま》の外から声をかけられた。

「花楓様。起きてらっしゃいますか？」

「菖蒲？　うん」

「では、失礼します」

花楓が答えると、朝食の膳《ぜん》を手にした菖蒲が入ってくる。着替《きが》えを済ませている花楓を目にして、残念そうに口を開いた。

「胡桃が、今朝こそ花楓様の身支度《みじたく》をお手伝いしたいと張り切っていましたのに……残念がりますわ」

「小さい子供じゃないんだから、着替えくらい自分でできるよ。胡桃は、髪留《かみど》めや首飾《くびかざ》りをつけたがって、変に飾り立てようとするから遠慮《えんりょ》したい」

ジャラジャラと装飾《そうしょく》品で飾られるのは、好きではない。髪留めは頭皮が引っ張られるみたいで不快だし、首飾りはくすぐったいし、腕輪《うでわ》は引っかかって邪魔《じゃま》だ。

花楓を着飾らせて楽しそうな胡桃には申し訳ないけれど、可能な限り動きやすくて楽な格好をしたい。

ぶつぶつ零《こぼ》す花楓に、菖蒲は苦笑して言い返してくる。

「あら、花楓様のお立場でしたら当然です。先代の頭領……蒼月様のお父上が郷《さと》の長《おさ》だった頃は、奥方様たちはどなたも綺麗に着飾って優雅《ゆうが》にお過ごしでしたわ。花楓様が少し変わっていらっしゃるんです」

「それは、純人だから……かなぁ？　村では、健康なのに働かないなんて考えられなかったし。先代の頭領の奥方って、山犬族だったんだよね？」

着飾って、屋敷《やしき》に閉じこもるようにして優雅に過ごす日々は、退屈《たいくつ》ではなかったのだろうか。

そんなふうに考える理由は、花楓が純人だから？　とも思ったが、菖蒲や胡桃は働き者なので種族の違《ちが》いは理由ではないはずだ。

首を捻《ひね》る花楓に、菖蒲は「ええ」と、うなずく。

「他《ほか》の郷からお嫁入りされたり、お出かけになった際に滞在《たいざい》先で懇《ねんご》ろな関係になった方を伴《ともな》ってお帰りになったり……山犬の混合種がほとんどでしたけど、かつては狐《きつね》族の方もいらっしゃいました。純人の奥方様をお迎《むか》えするのは、特別なことですから……」

「なんか、奥方が複数いたみたいな言い方なんだけど」

聞かなかった振《ふ》りをしようかと思ったが、我慢《がまん》できなくなってずっと引っかかっていた疑問をつぶやく。

秘《ひそ》かに眉《まゆ》を顰《ひそ》める花楓に気づかないのか、菖蒲はあっさりと肯定《こうてい》した。

「はい。頭領は正妻以外に、複数のご側室を迎えることが許されています。蒼月様は……花楓様だけだと、わたくしたちにも公言されていますからご安心ください。純人は、一対一で婚姻《こんいん》を結ばれるとお聞きしています」

花楓だけ、という言葉にズキズキと胸の奥が疼《うず》く。

花楓が女性なら、喜ばしく思ったかもしれない。

でも蒼月は、花楓が跡取《あとと》りを生《な》すことのできない性だと知っている。頭領という立場上、花楓だけというわけにはいかないのでは。

花楓だけだと山犬族の民《たみ》に宣言をしたのは、いつだろう。

蒼月は、最初から花楓の性別を知っていたと言っていたが、花楓のための嘘《うそ》で……本当は、花楓が娘《むすめ》ではないとわかった時は少なからず落胆《らくたん》したのではないだろうか。

菖蒲は未《いま》だに花楓を女性だと信じているようなので、迂闊《うかつ》に質問を繰《く》り出すことはできない。

無言で考え込んでいると、菖蒲の背後から胡桃の声が聞こえてきた。

「花楓様、お待たせしました。途中《とちゅう》で椀《わん》を落とすなんて、大変な失態を……あら、まだお召《め》し上がりになっていない……ああっ、もしかして汁物《しるもの》をお待ちになっていましたか？　重ね重ね、失礼を」

蓋《ふた》つきの汁椀を持って入ってきた胡桃は、膳の上にそれを置いておろおろと花楓と菖蒲のあいだに視線を往復させる。

姉的な存在の菖蒲に叱責《しっせき》されると思っているのか、薄茶色《うすちゃいろ》の毛に覆《おお》われた耳を伏せて小さく震《ふる》わせていた。

「ああ、違う違う。胡桃のせいじゃない。菖蒲と話し込んでいただけなんだ。わざわざ、ありがとう」

そっと胡桃の耳を撫《な》でると、ふわふわとした手触《てざわ》りに唇《くちびる》を綻《ほころ》ばせる。

蒼月の耳は、もっと硬《かた》い手触りだった。

男女の違いなのか、年齢《ねんれい》が異なるせいなのかはわからないが、花楓にはない獣耳《けものみみ》は誰《だれ》のものでも触《さわ》り心地《ごこち》がいい。

「ほら胡桃、もう下がって。花楓様、朝食のお邪魔をしてしまい申し訳ございません。お召し上がりになってください」

菖蒲が汁椀の蓋を開けると、ふわりと湯気が立ち昇《のぼ》る。魚のすり身団子の浮《う》かぶ味噌汁《みそしる》は、すごくいい匂《にお》いで美味《おい》しそうだ。

「いただきます」

厨房《ちゅうぼう》から運ぶ途中でひっくり返したらしい胡桃が、新しいものを急いで持ってきてくれたようなので、冷めないうちにいただこうと椀を手に持った。

汁を一口飲むと、じわりと身体《からだ》があたたかくなる。

「魚の骨を抜きましょうか」

「果物の皮を剝《む》きますので、手に取る前に仰《おっしゃ》ってくださいね」

「……どれも自分でできるから、大丈夫《だいじょうぶ》」

なにかと花楓の世話を焼きたがる菖蒲や胡桃に、相変わらず仕事熱心だな……と苦笑いしつつ、花楓の頭に浮かぶのは蒼月のことばかりだった。

どうして、花楓を花嫁として選んだのか。

伴侶《はんりょ》として不適格なはずなのに、喰《く》うこともなく、何故《なぜ》周囲に『奥方様』という扱《あつか》いをさせて傍《そば》に置くのか。

明確な理由は、まだなに一つ聞けていない。

□　□　□

外から、子供の声が聞こえてくる。

窓から外を覗《のぞ》いた花楓は、道路の端《はし》で楽しそうに毬《まり》で遊んでいる五人の男の子たちに目を細めた。

いくつくらいだろう。十四、五歳くらいに見えるけど、山犬族は花楓たちより成長が速そうなので、見た目の印象より幼い可能性もある。

少年たちの毬遊びに参加しようとしてか、彼らより少し小さい子供が駆《か》け寄り……派手に転んだ。

「あ……」

花楓は、咄嗟《とっさ》に手拭《てぬぐ》いと水差しを摑《つか》んで部屋を出た。下履《したば》きに足を入れると、庭を突《つ》っ切って道路を覗く。

先ほど転んだ子供は、少年の一人に助け起こされていた。

覗き見をしている花楓と目が合い、不思議そうに首を傾《かし》げる。その子供の視線を追って、屈《かが》みこんで助け起こしていた少年がこちらを振り向いた。

「あの、大丈夫？　怪我《けが》はしていない？」

隠《かく》れて窺《うかが》うことに意味がなくなり、彼らに歩み寄る。

転んだ子供は、山犬族には多いらしい茶色の耳と尻尾《しっぽ》をしていて、助け起こした少年は夜の闇《やみ》を吸い込んだような艶《つや》やかな黒毛だった。

菖蒲も黒い毛だが、所々に灰色の毛が交じる菖蒲のものとは少し違う。見事なまでに、真っ黒だ。

花楓を見上げる瞳《ひとみ》も艶やかな黒で、見るからに利発そうな少年だった。

「純人……花楓？」

その少年に、迷いなく名前を呼ばれて驚《おどろ》く。初対面のはずだ。それなのに、純人なら花楓だろうと決めてかかっている。

「う、うん。そう……だけど」

戸惑《とまど》いのあまり、笑顔《えがお》を作ろうとして失敗した。

手拭いを握《にぎ》り締《し》めたことで、道路に飛び出した理由を思い出す。

「そうだ。怪我は？　ああ……擦《す》りむいてる」

しゃがみ込んだ花楓は、子供の膝《ひざ》に血が滲《にじ》んでいることを確認《かくにん》して、水差しの水をそっとかけた。砂汚《よご》れと血を流して、手拭いを緩《ゆる》く巻きつける。

沁《し》みるはずなのに、子供は泣き言を零《こぼ》すことなく花楓の手に身を任せていて……花楓はようやく自然な笑みを浮かべることができた。

「泣かないの、偉《えら》いね」

「……男だもん」

花楓が耳を撫でると、照れくさそうに口にしてそっぽを向く。

子供でも男であることの矜持《きょうじ》を持ち、涙《なみだ》を見せることを恥《はじ》とする心意気は花楓にも覚えがあるものだから、ますます笑みを深くした。

そんな子供を、黒毛の少年が咎《とが》める。

「こら、雲雀《ひばり》。蒼月兄の……頭領の奥方だ」

「あ……」

目をパチクリとさせた子供は、慌《あわ》てたように「ありがとございます」と頭を下げて、少年に戸惑いの目を向けた。

きっと、花楓も彼と同じくらい戸惑いの滲む目で少年を見ている。

「お立ちになってください」

背を伸《の》ばして立っている少年に自然な仕草で手を差し出されて、思わず自分の右手を重ねた。

スッとその手を引かれて、膝を伸ばす。

隣《となり》に立つと、目線の位置がほぼ同じ……わずかに花楓が高いくらいだとわかった。

「あの、……」

どう呼びかければいいのか迷い、不自然に言葉を切る。声からも顔からも花楓の困惑《こんわく》が伝わったのか、少年はクスリと笑った。

「送ります。俺は抜《ぬ》けるから、雲雀を入れてやれ」

花楓の手を引いて体の向きを変えた彼は、他《ほか》の少年たちを振《ふ》り向いてそう口にした。

「雲雀を？　代わりになりませんが……」

「仕方ないな。また今度、ご一緒《いっしょ》させてください」

友人に対するものにしては、違和感《いわかん》がある態度だ……と不思議に思った花楓は、隣に立つ少年の横顔をチラチラと窺う。

なんとなく、見覚えがある顔立ち……か？

これくらいの山犬族の少年に、知り合いはいない。なのに、過去に逢《あ》ったことがあるような親しみを覚える。

「どうして花楓の名前を知っているか、不思議でしょう？」

花楓の視線を感じたのか、こちらに顔を向けて尋《たず》ねてきた。いたずらっぽい笑顔は、十五、六と推測した年齢よりも幼く見える。

「あ……う、うん」

疑問を言い当てられた花楓は、こくこくとうなずいて少年と目を合わせた。真っ黒な瞳が、花楓を見つめ返してくる。

唇の端をほんの少し吊《つ》り上げて、

「俺の名は、黒炎《こくえん》。蒼月兄……頭領とは、父が同じだから」

そう、簡潔な自己紹介《しょうかい》を口にした。最低限の情報だと思うけれど、今の花楓には十分なものだ。

「蒼月の、弟……？」

「正解です」

目を瞠《みは》って零した花楓の驚きようは、狙《ねら》い通りだったのか……うつむいて肩《かた》を震《ふる》わせている。

道理で、他の少年たちよりも身なりがいいわけだ。

対等な友人にしては、丁寧《ていねい》な態度で接していたのも……子供ながら貫禄《かんろく》のようなものがあったのにも、その身分なら納得《なっとく》できる。

「婚儀《こんぎ》の夜に一方的にお姿は拝見したのですが、ご挨拶《あいさつ》が遅《おそ》くなりました。婚礼の儀を終えなければ、顔を合わせることができない決まりでしたので……」

「お……こちらこそ」

おれのほうこそ、と答えそうになってしまい、慌てて言い直す。

庭に入ってすぐのところで立ち止まって話していると、庭の奥からこちらに向かってくる長身の姿が視界に入った。

「花楓。黒炎と……なにを」

蒼月は、険しい表情でそう言いながら花楓と黒炎のあいだに視線を往復させた。

その目が一か所で留まり、黒炎と手を取り合ったままだったことに気づいて、パッと右手を引く。

「俺は、奥方様をお送りしてきただけです。子供が転んだのを見て、飛び出してこられたそうで……優《やさ》しい方ですね。兄上が迎《むか》えに来られましたし、ここで失礼します」

「あ、ありがとう」

あっさりと背を向けた黒炎にお礼を言うと、足を止めて蒼月と花楓の二人に優雅《ゆうが》にお辞儀《じぎ》をして去っていった。

黒い尻尾が揺《ゆ》れる背を見送っていると、蒼月にギュッと手を握られる。

「おまえは郷《さと》に慣れていないのだから、危険だ。一人きりで、ふらふらと外に出るな」

単身で外に出たことを咎められ、ムッと眉根《まゆね》を寄せる。

もともと花楓は、どんな仕事でも苦にならず動き回っていたのだ。籠《かご》の鳥のような生活になど、身を置いていられない。

「この郷に、危険なんてない……と思うけど」

「おまえはまだ、なにも知らないだろう。菖蒲と胡桃はどうした？」

花楓から目を離《はな》したと、菖蒲と胡桃が叱責《しっせき》されては大変だ。

焦《あせ》った花楓は、険しい表情の蒼月を見上げて勢いよく左右に首を振る。

「菖蒲と胡桃は、仕事中だから。山ぶどうを煮《に》て蜜《みつ》を作るって、張り切ってた。おれも手伝うって言ったら、猛反対《もうはんたい》されて……部屋に閉じこもっていたら、退屈《たいくつ》でどうにかなりそう」

真っ直《す》ぐに蒼月を見据《みす》えて訴《うった》えた花楓に、少しだけ面食《めんく》らったような表情をしている。機嫌《きげん》を損《そこ》ねたかと思ったけれど、蒼月は声を荒《あら》らげることなく花楓に言い返してきた。

「……退屈なら、俺の相手をしてくれ。そうだな……郷を簡単に案内しよう。籠を用意させるから」

「あ、待って。それなら、歩いて見て回りたい。えーと……服も、菖蒲や胡桃みたいなのが、動きやすくていい……んだけど」

我儘《わがまま》が過ぎると、今度こそ怒《おこ》られるだろうか。そう思いつつ、この機会に言ってやれと要望を伝える。

思案の表情で花楓を見下ろしていた蒼月は、深く息をついて握ったままだった花楓の手を引いた。

「……俺も、甘いものだ。花楓の望みは、すべて叶《かな》えてやりたくなる」

胸元《むなもと》に抱《だ》き寄せられて、ポンと軽く頭を叩《たた》かれる。

なんだろう。急に、心臓がドキドキしてきた。蒼月の手に髪《かみ》を撫《な》でられると、じわじわ顔が熱くなる。

「……ごめんなさい」

「ありがとうと、笑って口づけてくれたほうがいいんだが」

花楓の頭を両手で挟《はさ》んで仰向《あおむ》かせた蒼月は、至近距離《きょり》で視線を絡《から》ませて微笑《びしょう》を浮《う》かべる。

こちらを見つめる蒼《あお》い瞳《ひとみ》が、すごく綺麗《きれい》だ。

兄弟だと聞いていても、黒炎とは毛色も瞳の色も、全然似ていない……。

「どうする、花楓」

「あ……ありがとう」

小さく口にして爪先立《つまさきだ》ちをすると、蒼月の頰《ほお》にそっと唇《くちびる》を押しつけた。

ぎこちない動きだったはずだが、蒼月は嬉《うれ》しそうに笑って花楓を見詰《みつ》めている。

「物足りないが、愛らしい口づけだから許そう。まずは、着物か……手の空いている女官に用意させよう。いや、俺が見繕《みつくろ》うか。それも楽しそうだ」

花楓には、それのなにが楽しいのかわからないのだが……蒼月は、嬉しそうな表情で「決めた」と、うなずく。

花楓の手を引いて庭を横切り、母屋《おもや》に近づくと、警備を担《にな》っているらしい近衛《このえ》兵が驚《おどろ》いた顔で立ち竦《すく》んだ。

焦《こ》げ茶色の耳を伏《ふ》せ、尻尾《しっぽ》も身体《からだ》に沿って力なく垂れている。

「頭領……奥方様も。い、いつの間にお出かけになっていたのですか」

その足元から、さっと小さな影《かげ》が走り去り……木の枝が落ちている。子猫《こねこ》と、遊んでいたに違《ちが》いない。

蒼月も目にしたはずだが、ため息一つで見逃《みのが》すことにしたらしい。

「おまえたちの目を盗《ぬす》んで出入りすることなど、容易《たやす》いということだ。準備を整えて出かけるが……大袈裟《おおげさ》にしなくていい。供は不要だ」

「はい」

かくかくとうなずいた山犬族の青年は、申し訳なさそうに耳を伏せたまま頭を下げた。

彼ら自身は無意識だと思うが、耳や尻尾の動きで驚くほど素直《すなお》に感情を表している。

焦げ茶色……薄茶色《うすちゃいろ》、白に黒。

ここで花楓が目にした山犬族の毛色は多様だが、蒼月のような色合いの耳や尻尾を持つ民《たみ》は他《ほか》にいないのだろうか。蒼い瞳も、蒼月以外に知らない。

頭領の血統が、蒼月のような毛色なのかもと思っていたけれど、弟だという黒炎は艶《つや》やかな漆黒《しっこく》だった。

『おまえはまだ、なにも知らないだろう』

蒼月に言われたそんな一言が、胸の真ん中に刺《さ》さっているみたいで……チクチクと痛い。

確かに、花楓はまだ山犬族の郷のことも、蒼月のことも……ろくに知らない。

頭領の花嫁《はなよめ》として迎えられたといっても、形だけだ。

その資格がないと知られれば、喰《く》われても仕方がないと……どうせ喰われるのなら、山犬族のことなど知る必要もないと思っていた。

なのに、予想外にも蒼月は、花嫁としては不適格であることを知りながら『花楓』を求めたのだという。

菖蒲と胡桃は、花楓が本来花嫁となれない性であることを知らない。万が一知られれば、落《らく》胆《たん》して絶望して……怒《いか》り、花楓を恨《うら》むかもしれない。

騙《だま》し続けるのは、苦しい。いつか嘘《うそ》が露呈《ろてい》した時のことを考えれば、怖《こわ》い。

でも、花楓の命運を握《にぎ》る蒼月にここで生きていくことを許されたのなら、知るべきではないか……いや、知りたいと望む自分に気づいて、驚く。

「蒼……つが、……なら」

蒼月は何歩も前を歩いているのに、ぽつりとつぶやいた花楓の声が耳に届いたのだろうか。振《ふ》り向いて、「花楓？」と呼びかけてくる。

「なにか言ったか？」

「いいえ。えーと……郷のことだけでなく、近くの山も散策したいな、って。村の山とは異なる木の実や果実があるなら、いろいろ見て回りたいし……」

「一日では無理だ。今日は、郷の案内をして……山や湖は、後日ゆっくりと散策する時間を取ろう。花楓はもう、この郷の民だ。急ぐ必要はない」

「……はい」

何故《なぜ》、蒼月が花楓を傍《そば》に置きたがるのかは、わからない。でも、蒼月に望まれる限り傍にいよう。

村には二度と帰らないと覚悟《かくご》を決めて、花楓は『山犬族の頭領の花嫁』としてやって来たのだから。

「そろそろ、山のあちこちで木の葉が色づく美しい季節だ。花楓に、見せたい樹《き》がある」

花楓の前を歩く蒼月の顔は、見えない。ただ、大きな尻尾が左右に揺れていて、楽しげな様子が伝わってくる。

花楓が逢《あ》ったことのある山犬族の誰《だれ》よりも、やはり蒼月の尻尾と耳が綺麗だな……と、恍惚《こうこつ》として青灰色《あおはいいろ》の尻尾を見詰めた。

《五》

窓を開け放して、夜空を見上げる。

今夜は、薄雲《うすぐも》が空を覆《おお》っているせいで月が霞《かす》み、その形は不明瞭《ふめいりょう》だ。

ただ、『婚礼《こんれい》の儀《ぎ》』から二度の月の満ち欠けがあり……間もなく、三度目の満月がやって来ることに間違いはない。

「そろそろ、郷《さと》での生活には慣れたか」

ぼんやりと夜空を眺《なが》めていた花楓は、背後から蒼月の声に名前を呼ばれてゆっくりと振り向いた。

湯浴《ゆあ》みを終えた寝《ね》間《ま》着《き》姿の蒼月は、真っ直《す》ぐ花楓の傍に歩いてくる。尻尾に残る水分を払《はら》おうとしてか、バサリと振ったのはきっと無意識だ。

右手に握っている手拭《てぬぐ》いでしっかりと拭《ふ》いてあるらしく、耳はほとんど乾《かわ》いている。

「蒼月、手拭いを」

「……ああ？」

花楓が手を出すと、不思議そうな顔で花楓に渡《わた》してくる。その手拭いで尻尾の毛をそっと挟み込んで、水気を吸い取った。

「蒼月の尻尾は長いし、毛が多くてふさふさだから……乾きづらいんだろうな」

「放《ほう》っておけば、そのうち乾く」

花楓の手に尻尾を預けていた蒼月は、バサッと大きく上下に揺《ゆ》らした。

山犬族は、皆《みな》が生まれつき尻尾を持っているのが当然だからか、花楓から見ればなんとも雑な扱《あつか》いだ。

「毛が縺《もつ》れると大変だよ。せっかく、綺麗な尻尾なのに……」

ほんの少し眉《まゆ》を顰《ひそ》めて、尻尾の先を指先で撫でる。もう少し乾いたら、目の粗《あら》い櫛《くし》できちんと梳《す》こう。

「花楓は、俺の尻尾を気に入っているな」

クスリと笑った蒼月は、尻尾を花楓の好きに弄《いじ》らせてくれる。

そんなことはないと否定する理由はないので、大きくうなずいた。

「……綺麗だからね。でも……山犬族の中でこの色をしているのは、蒼月だけ？」

何度か蒼月とともに郷を散策して、ほぼすべての山犬族と逢っているはずだ。

蒼月は、どこに行っても歓迎《かんげい》される。畑仕事をしている手を止めてでも「蒼月様」とか「頭領」と声をかけられ、民に慕《した》われていることは間違いない。

ため池の状況《じょうきょう》を毎日観察して、田畑への配分を決め……過不足なく、公平に行き渡るように水門を調節する。

そうして蒼月がきちんと目を配り、民のことを第一に考えていることが皆にも伝わっているのだろう。

花楓も、蒼月が優《すぐ》れた長《おさ》であることを知るには十分な時間を、共に過ごした。

「俺だけが異なる毛色は、妙《みょう》か？」

「妙っていうか……ちょっとだけ、不思議だ。家系なのかなって思ったけど、弟の黒炎は真っ黒だから」

黒炎と毛色が異なる理由は、母親が違《ちが》うせいだろうか。そう尋《たず》ねるのはあまりにも不躾《ぶしつけ》かと思い、これまで踏《ふ》み込んだことはなかった。

尻尾に触《ふ》れながら疑問を口にした花楓だったが、直後に後悔《こうかい》した。

「毛の色がどんなものでも、関係ないよね。おれは、蒼月の毛色が好きだけど……黒炎は黒炎で、真っ黒なのも綺麗《きれい》だなと思うし」

蒼月の毛色が山犬族の中では異端《いたん》であっても、花楓が綺麗だと感じるのだからそれでいい。

しどろもどろに続けると、蒼月の手が花楓の頰《ほお》をするりと撫《な》でた。

「……そんなに愛らしい顔で、他の男を褒《ほ》めるな」

「褒めてるのは、蒼月のことだ……って」

どことなく拗《す》ねた響《ひび》きで文句をぶつけてくる蒼月に、思わず微笑《びしょう》を滲《にじ》ませてしまった。

まさかと思うが、黒炎に妬《や》いているのだろうか。

「花楓が気に入っているなら、それでいい」

「うん……」

淡《あわ》いランプの光でも瞳《ひとみ》の蒼《あお》さがわかるほど、端整《たんせい》な顔が近づいてきて……瞼《まぶた》を伏《ふ》せる。

そっと触れた唇《くちびる》が、離《はな》れていく。蒼月の口づけは、比較《ひかく》対象を持たない花楓でも優《やさ》しいと思う。

「窓を開けたままで、肌寒《はだざむ》くないか」

「顔、熱いから……夜風が気持ちいいよ」

今はまだ、頬が火照《ほて》っているだけだが……蒼月に触れられると、あっという間に顔だけでなく身体中が熱くなるのだ。

だから、窓は閉めなくていいと答えた花楓に、蒼月はわずかに苦笑《くしょう》する。

「夜風ではなく、俺に触れられて言ってもらいたい台詞《せりふ》だな」

「なにを……あ」

寝間着の左右の襟《えり》を合わせるための紐《ひも》は、呆気《あっけ》なく解かれる。寝間着の布そのものが薄いので、蒼月の手のぬくもりは布越《ご》しでも感じ取ることができていたけれど……素肌《すはだ》に触れられるのは、それとは全然違う。

「ッ、ん……ぁ」

花楓は無意識に奥歯を噛《か》んで、身体《からだ》を震《ふる》わせた。

蒼月の手は大きいから、指を開いて手のひらを肌に押し当てられると、一気に広い範囲《はんい》を触れられる。

触れられたところだけでなく、全身あちこちがざわざわする。気持ちいい。

「……噛むな」

「ぁ……ん、ぅ」

唇を重ねられて、舌先で前歯を開くよう促《うなが》された。顎《あご》の力を抜《ぬ》くと、歯を食い縛《しば》ることができないように蒼月の舌が口腔《こうこう》の粘膜《ねんまく》をくすぐってくる。

誘《さそ》い出された舌先で感じる鋭《するど》い犬歯が、獣《けもの》の牙《きば》を想像させる。花楓が美味《おい》しいかどうか、味見をされているみたいだ。

花楓の頭に過《よぎ》ったそんな思考を読んだかのように、口づけを解いた蒼月が喉元《のどもと》に軽く歯を立ててくる。

かすかな痛みが走り、ビクッと肩《かた》に力が入った。

「おまえは、どこもかしこも甘いな」

「っ、は……ぁ」

鋭い牙が、やわらかな肌に食い込む……。もう少し力を込められれば、呆気なく皮膚《ひふ》を突《つ》き破られるだろうと容易に想像がつく。

それでも不思議と恐怖《きょうふ》は感じず、ゾクゾクと背筋を這《は》い上がるのは悪寒《おかん》に似ていながら異なる感覚だ。

喰《く》われてもいい、なんて……自然とそう思い浮《う》かぶ自分に、吐息《といき》を震わせる。

「蒼、月……」

無意識に手を伸《の》ばして、蒼月の頭を抱《だ》く。

指に絡《から》む、さらりとした髪《かみ》……大きな耳を覆う獣毛《じゅうもう》の感触《かんしょく》にも、いつの間にか馴染《なじ》んでしまった。

「くすぐったいぞ」

花楓が、無意識に蒼月の耳を指先で弄っていたせいだろう。蒼月は、笑いながらピクピクと耳を震わせる。

「ぁ……おれ、も……くすぐった」

喉元をくすぐる吐息と、顔に触れる耳の毛。どちらも、くすぐったい。

笑いながら蒼月に言い返して、指先で耳のつけ根を引っ掻《か》いた。

「ッ、気持ちいいからやめろ」

「ん……」

密着した蒼月の身体が、熱を帯びているのがわかる。花楓に触れて、その気になるのだと……

……不思議な気分だった。

山犬族に比べれば、貧相で……せめて女性なら、もう少し柔《やわ》らかなところがあって、抱き心《ごこ》地《ち》がよかっただろうと思う。

こんな自分のなにがよくて、蒼月が触れてくるのかわからない。

「おれ、触《さわ》り心地悪い……んじゃ、ないの？」

「何故《なぜ》だ？」

「だって、こんな……棒切れみたいで、柔らかくないし」

花楓の言葉に顔を上げた蒼月は、花楓の身体の脇《わき》に腕《うで》をついて上体を起こした上で、マジマジと見下ろしてくる。

ランプの灯《あか》りは仄《ほの》かなものだけれど、そんなにじっくりと観察されると居心地が悪い。

「あんまり、見ないでよ」

蒼月がどんな顔をしているのか、目にするのが怖《こわ》い。花楓が寝間着《ねまき》を手繰《たぐ》り寄せて身体を隠《かく》そうとしたところで、蒼月の手に摑《つか》まれた。

「隠すな。花楓の触り心地が、悪いって？　……まさか。皮膚はなめらかで、手のひらを滑《すべ》らせると絹のような感触だ。あたたかくて……甘い匂《にお》いがする。丸かじりしたいくらい、美味《うま》そうだ」

花楓の喉元に鼻先を押しつけた蒼月は、深く息を吸い込んで匂いを嗅《か》ぐと、ペロリと舌先で舐《な》める。

まるで、本当に甘い蜜《みつ》が滲み出ているかのように執拗《しつよう》に舌を這わされて、ビクビクと身体を震わせた。

こんなふうに大切そうに触れられると、自分が本当に蒼月の『奥方様』になったみたいだ。本来、そうなれるわけがないのに……。

「ぁ、蒼月……そこ、触っ……の？」

腿《もも》の内側を撫で上げた手が、脚《あし》のつけ根にまで滑り込んでくる。

蒼月の手にそこを触れられると、頭の中が真っ白になってなにも考えられなくなるから怖い。指の動き一つで乱される花楓は、蒼月の蒼い瞳に、どんなふうに映るのだろう。

思わず身体を捩《よじ》って逃《に》げかかると、蒼月に腰骨《こしぼね》を掴まれて動きを制された。

「逃げるな。なにも知らない無垢《むく》な身体だったが、今は触れられることの心地《ここち》よさを知ってるだろう？　花楓は気持ちよくなると、全身が熱くなって……甘い匂いが濃《こ》くなる」

「そんなの、全部、知らな……い」

蒼月の手に触れられることの心地よさを認めるのは、恥《は》ずかしい。

蒼月の口づけや、大きな手に触れられることで自分がどうなるのかなんて、花楓自身に知る由《よし》はない。

甘い匂いとは、どんなものだろう？

「そうだな。なにもかも、俺だけが知っている」

花楓の指先に唇を押し当てた蒼月は、脚のつけ根に置いてあった手をゆっくりと動かした。

蒼月には知らないと答えたけれど、長い指に触《ふ》れられることで生まれる心地よさは、身体に教え込まれている。

この先を期待して、勝手に心拍数《しんぱくすう》が跳《は》ね上がってしまう。

「ぁ……、ッん！」

脚のつけ根ギリギリの薄《うす》い皮膚を指先でくすぐり、花楓が焦《じ》れてジッとしていられなくなるのを待っているに違《ちが》いない。

耳の奥に響く心臓の音が、うるさい。

胸の内側でドキドキ激しく脈打っていて、苦しい。

蒼月の指が触れているところに、熱が呼び集められているみたいで……種火だったものが、どんどん膨《ふく》れ上がっていく。

「花楓。どうする？　触れてもいいのか？」

触れていた指先を離した蒼月が、花楓の顔を覗《のぞ》き込んでくる。

蒼い瞳に映る自分が、どれほど無様な顔をしているのか……なんて、考える余裕《よゆう》はもうなかった。

軽く唇を触れ合わせて、蒼月を睨《にら》み上げる。

「い、意地悪だ……蒼月。も、う……苦しい。触っ、て。触ってくださ……い」

震える手で蒼月の手首を掴み、お願いだから……と自ら熱の源に誘導《ゆうどう》する。

目を細めた蒼月は、もう焦らすことなく花楓の望みを叶《かな》えてくれた。

「っ、あ！　ぁ、ぁ……ッ」

長い指が屹立《きつりつ》を包み込んだ瞬間《しゅんかん》、ビリッと全身が痺《しび》れたようになって身体を強張《こわば》らせる。咄《とっ》嗟《さ》に閉じた瞼《まぶた》の裏で、細かな光がいくつも弾《はじ》けた。

一気に押し上げられて、気を放つ……唐突《とうとつ》な快楽の極《きわ》みに、身体がついていくことができない。

「はっ、は……ぁ。すみませ、ん。指……を」

荒《あら》い息をつきながら、前触《まえぶ》れなく蒼月の指を汚《よご》してしまったことについて謝罪する。

滲《にじ》む涙《なみだ》のせいで不明瞭《ふめいりょう》に霞《かす》む視界に、蒼月の顔が映った。花楓の目尻《めじり》に溜《た》まった涙の雫《しずく》を舐めとり、白濁《はくだく》の滴《したた》る右手の指にぺろりと舌を這わせる。

「そ、そんなの」

「花楓は、なにもかも甘いと言っただろう。涙も……これも、甘露《かんろ》だな」

「っ……嘘《うそ》つき」

涙はもちろん、吐《は》き出した白濁など甘いわけがないだろう。

嘘に決まっている、と蒼月を睨む花楓に、微笑《びしょう》を浮かべて端整《たんせい》な顔を寄せてくる。

「嘘だと思うか？」

い。

「んー……ぅ、美味《おい》しくない」

唇《くちびる》を塞《ふさ》がれ、舌先を触れ合わせて……眉《まゆ》を顰《ひそ》めた。どんなに頑張《がんば》っても、甘いなどと思えない。

花楓は奇妙《きみょう》な表情をしているはずなのに、蒼月は楽しそうな顔で自分の唇を舐める。

「では、俺だけが甘いと感じられるのだな。……俺以外に、触れさせるなよ」

「誰《だれ》が、おれなんかを好んで……そんなの、蒼月だけだ」

純人の花楓は、ここでは異端《いたん》の存在だ。

頭領の蒼月に嫁入《よめい》りをしたということで、丁重《ていちょう》に扱《あつか》ってくれているが……本来なら、誰にも見向きもされない道端《みちばた》の石のようなものでも仕方がない。

「蒼月も、……触る」

お返しをしたいと花楓は手を伸ばしたが、もう少しで指先が届くというギリギリのところで身を引かれてしまう。

「今夜はいい」

今夜は、ではなく……いつもこうだ。

花楓だけが蒼月に触れられて、一方的に乱されて……熱を放つと、長い腕の中に抱かれて眠《ねむ》りにつく。

「おれが触るの、嫌《いや》？」

確かに、蒼月より拙《つたな》い手技でしかないはずだ。でも、花楓は同じだけ蒼月に心地よさを返したい。

なにか理由があって、花楓が触れることを厭《いと》うのか……不安が込み上げてくる。

「嫌ではない。ただ……そうだな。花楓が俺と同じ想《おも》いを抱《いだ》き、俺のことを本当に受け入れてくれたら、すべてを貰《もら》い受けよう」

「同じ……？　本当に、って？」

蒼月の言葉は、わかる。ただ。その真意を花楓は理解できていないはずだ。

もどかしさに唇を噛《か》み、蒼月を見詰《みつ》める。

花楓を見つめ返す蒼《あお》い瞳《ひとみ》に、答えが書かれているわけではなく……。

「その時を楽しみに待つのも、悪くない。おまえは既《すで》に、俺の伴侶《はんりょ》だからな」

蒼月だけがすべてをわかっているかのようなつぶやきに、ムッと唇を引き結ぶ。

答えを探すための糸口くらいは、教えてくれてもいいのではないだろうか。

「馬鹿《ばか》だって言われているみたいだ」

「そうではない。愛らしく拗《す》ねるな。また泣かせたくなる」

そっと髪《かみ》を撫《な》でられて、宥《なだ》めるような口づけに瞼を伏《ふ》せた。

蒼月と同じ想いとは、どんなもの？

こうして触れられることで心地よさを感じ、腕の中に抱《だ》かれて眠ることで得る安堵《あんど》感《かん》とは別のものだろうか。

花楓には、よくわからないけれど……。

「眠そうな顔だな。窓を開けたままだから、肌寒《はだざむ》い。もっとこちらに寄れ」

「ぅ……ん」

蒼月に抱き締《し》められて寝具《しんぐ》に横たわると、全身の力が抜《ぬ》ける。

この腕《うで》の中にいれば、恐《おそ》れるものはなにもない。すべてのものから、護《まも》られているのだと感じる。

ぬくもりと安堵感に包まれて……とろりと意識が蕩《とろ》けるみたいだ。

「花楓」

名前を呼ぶ蒼月の声は、優《やさ》しくて……でも、どこか寂《さみ》しげで。

どんな顔をしているのか確かめたくても、瞼が重くてもう目が開かない。

「蒼……月」

せめて、花楓が感じているぬくもりを蒼月にも分けてあげたい……と、胸元《むなもと》にピッタリ寄り添《そ》う。

花楓が、まだ蒼月を受け入れていないように見えるから……どこか寂しげなのだろうか。

寄り添いたい、ぬくもりを分け与《あた》えたいと願うこの感情は、蒼月の言う『同じ想い』とはどこがどう違うのだろう。

花楓にはハッキリわからないことばかりで、でも蒼月と寄り添っているのは心地《ここち》よくて……背中を抱いた手に、尻尾《しっぽ》の毛が触れた。

無意識に握《にぎ》ってふかふかとした触《さわ》り心地《ごこち》を楽しんでいると、蒼月の身体《からだ》がかすかに震《ふる》える。

「まったく……無防備な顔をして、罪作りな」

苦いものが混じっていながら、優しい声が聞こえる。

花楓の罪とは、なにか……聞きたくても、もう指先を動かすこともできない。

せめて、夢の中で答えを教えてくれたらいいのに……と願ってみたけれど、夢の中の蒼月も無言で微苦笑《びくしょう》を浮《う》かべるだけだった。

「いってらっしゃい」

「ああ。鹿《しか》が獲《と》れれば、今夜はご馳走《ちそう》だ」

猟《りょう》のため、若者たちと山に入るという蒼月を見送る。

可能なら花楓も共に行きたいくらいだが、純人より体力や運動能力の優《すぐ》れた山犬族でも女性は猟についていくことなどしないのだから、大人しく留守番をするしかない。

山犬族の女性より体力のない花楓が、一緒《いっしょ》に山に入ったところで、大した役には立たないかもしれないが……。

「気をつけて」

「そんな目をするな。離《はな》れ難《がた》くなる」

もどかしい思いで口にした花楓を見下ろした蒼月は、スッと背を屈《かが》める。なにかと思えば、当然のように額に口づけを落とした。

花楓はギョッとして、抗議《こうぎ》の声を上げた。

「蒼月っ」

猟に帯同する近衛《このえ》兵や、菖蒲や胡桃がいるのに、なんてことを。

反射的に身体を引いて、両手で額を押さえる。ジロッと睨《にら》みつけた花楓を、蒼月は楽しそうに笑って見下ろした。

「顔が赤いぞ」

「誰のせいだと……。ほら、皆《みんな》が待ってる」

蒼月から距離《きょり》を取りつつ、周囲に視線を巡《めぐ》らせる。

近衛兵たちも菖蒲や胡桃も足元に視線を落として、『見ていません』というふうに装《よそお》っているけれど、そうして気遣《きづか》われることが尚更《なおさら》恥《は》ずかしい。

蒼月は、花楓のように『恥ずかしい』という感覚を持ち合わせていないのかもしれない。

「ふ……こっそりついてきたりせずに、大人しく待ってろ」

微笑を浮かべて花楓の髪に触《ふ》れると、その背後に控《ひか》えている菖蒲と胡桃に視線を移して「頼《たの》んだぞ」と続ける。

「もちろんです。お気をつけて、蒼月様」

「花楓様のことは、ご心配なさらず」

花楓は、そう答える二人の声を聞きながら唇を尖《とが》らせた。

「……子供じゃないんだから」

恨《うら》みがましい思いでつぶやいた花楓に、蒼月はまたしても楽しそうに笑って、今度こそ「行ってくる」と背を向けた。

その背中が見えなくなるまで見送ろうとしたけれど、少し強い風が吹《ふ》いて反射的に肩《かた》を震わせた。

秋が深まったこともあり、空気が冷たい。

「花楓様、薄着《うすぎ》でいらしたことに気づかなくて失礼しました。屋内に入りましょう。そろそろ厚手の上着が必要ですわね」

「綿の入った羽織と……足元もこれでは冷たいでしょうから、室内履《ば》きと……」

菖蒲と胡桃に促《うなが》されて、屋内に入る。

歩きながら、これからの季節に必要な物を指折り数えて挙げる二人に苦笑した。

「このままでいいよ。菖蒲たちと同じ、洋袴《ズボン》を穿《は》くことを許してもらえただけで十分。寒ければ、上着を一、二枚重ねるから」

ひらひら繊細《せんさい》な生地《きじ》で動きづらい着物から、菖蒲や胡桃と同じような足さばきの楽な洋袴を着用させてもらえるようになっただけで、花楓としては満足だ。

建物内には暖を取るための火鉢《ひばち》もあるし、過剰《かじょう》に着込む必要はない。

そう答えると、怖《こわ》い顔をした菖蒲が首を横に振《ふ》る。

「いけません。花楓様のいらした純人の村は、麓《ふもと》に近いとお聞きしています。冬になればたっぷりと雪が積もるこのあたりとは、寒さが違《ちが》います」

「そうですわ、花楓様。純人の花楓様は、我らのような尻尾もお持ちではないことですし……」

胡桃も菖蒲と一緒になって、「薄着ではダメです」と表情を曇《くも》らせる。

花楓は二人の勢いに負けて、「わ、わかった」とうなずいた。

「尻尾……って、防寒の役に立つ？　確かに、蒼月の尻尾はふさふさのふわふわで、ギュッとしたら温かくて気持ちいいけど……自分で抱《かか》えるのは無理だろうし」

蒼月の大きな尻尾を思い浮かべて、ぽつぽつと口を開く。

花楓は何気なく口にしたのだが、菖蒲と胡桃は「まぁ」とか「あら」と奇妙《きみょう》な含《ふく》み笑いを漏《も》らした。

なにかと思えば、菖蒲と胡桃は自身の尻尾を左右に振りながら顔を見合わせている。

「御尻尾《ごしっぽ》を……。頭領と仲良しでいらして、なによりですわ」

「頭領の、ご立派な御尻尾に触れることができるなんて……弟君である黒炎様以外では、花楓様だけですわ」

ねぇ？　と。

うなずき合ってクスクスと楽しそうに笑う二人に、花楓は焦《あせ》って口を開く。

「そ……っ、そうじゃない……かも、しれないけど」

途中《とちゅう》で、肯定《こうてい》したいのか否定したいのかわからなくなってしまった。

急に、ものすごく恥ずかしくなってきた。頬《ほお》がどんどん熱くなる。

まるで、蒼月といかに仲睦《なかむつ》まじいか大手を振って自慢《じまん》したみたいな気分だ。

ひんやりとした両手で包んで火照《ほて》りを冷まそうとしたのに、手のひらの冷気が吸い取られるだけで頬の熱は引いてくれない。

「蒼月様の花楓様へのご寵愛《ちょうあい》は、皆が知るところですのに……恥ずかしがられなくても」

「そうですわ、花楓様。いつまでも奥ゆかしいんですから」

真顔で二人に詰《つ》め寄られて、グ……と口を噤《つぐ》む。

もう、なにも言わないほうがよさそうだ。きっと、喋《しゃべ》れば喋るほど、かえって恥ずかしい思いをすることになる。

花楓が黙《だま》り込んだのをいいことに、菖蒲と胡桃は楽しそうに話し続ける。

「寝具《しんぐ》の上掛《うわが》けは、一枚増やすだけでよさそうかしら」

「寝間着《ねまき》に羽織る綿入れは必要よね。花楓様ったら、女官みたいな洋袴を穿きたいなんて仰《おっしゃ》るから華《はな》やかさが足りなくてつまらない。せめて、綿入れはとびきり豪華《ごうか》な刺繍《ししゅう》をあしらったものにしたいわ」

「そろそろ、行商人がやってくる頃《ころ》よね。必要な物を書き出しておいて、蒼月様のご意見もお伺《うかが》いしましょう」

花楓は、好きにしてくれ……と敷物《しきもの》に足を投げ出して座った。

こんな格好も、洋袴でなければできない。女官たちと同じような着物がいいと懇願《こんがん》して正解だったし、許可してくれた蒼月に感謝だ。

「雪が降る……積もる？」

窓の外を見遣《みや》っても、今はまだ雪の気配さえない。

花楓の生まれ育った村も冬になれば雪がチラチラ降ることがあったし、何年かに一度は畑に薄く雪化粧《ゆきげしょう》が施《ほどこ》されるくらいには積もった。でも、山深い山犬族の郷《さと》では『たっぷり』積もるのか。

「だから、最近猟に出ることが多いのかな」

三日に一度は、若者たちが猟《りょう》に出ている。雉《きじ》や兎《うさぎ》を持ち帰ったり、仕掛《しか》けておいた罠《わな》にかかっていたという猪《いのしし》を担《かつ》いで帰ったり……今日のように、大物の鹿《しか》を目当てに出向いたりしている。

肉や皮は、すぐに郷の民《たみ》に配られるものと干し肉に加工するものとに分けられる。きっと、雪に閉《と》ざされる冬に備えているのだ。

花楓の村では、牛やヤギといった家畜《かちく》を育てていた。

山犬族は対照的に、最低限の野菜や穀類を畑で育てる以外は、狩《か》りで生計を立てている。木の実や果実も、山で自生しているものを採取して、乾燥《かんそう》させたり煮詰《につ》めたり粉にしたりと、長期保存の利《き》く状態に加工している。

そのため、秋の収穫《しゅうかく》祭後に行われる物々交換《ぶつぶつこうかん》では、ヤギの乳を加工した保存食や鶏《にわとり》の卵が好まれたのだと……山犬族の郷に馴染《なじ》んだ今なら、わかる。

花楓たちは、山犬族が危険を冒《おか》して狩った動物の毛皮や、女性や子供が擦《す》り傷だらけになりながら一生懸命《いっしょうけんめい》に採取した果実や茸《きのこ》などを受け取っていたのか。

山犬族は、野蛮《やばん》で凶暴《きょうぼう》だなんて……よく知らないからそんなふうに怯《おび》えていた姉たちに、勤勉で思いやりがあり、規律正しい生活をしている山犬族の真実の姿を知らせたい。

誤解だったことがわかれば、必要以上に怯えて距離を置くことなく、もう少し頻繁《ひんぱん》に交流を図《はか》ることができるのではないだろうか。

それを、互《たが》いに望むのなら……だが。

ぼんやりしているあいだに、菖蒲と胡桃の相談は大方終わったらしい。

「花楓様」

菖蒲に名前を呼ばれて、目をしばたたかせた。まだぼんやりとしている花楓に、一覧を書き記した紙を示す。

「ご入り用のものはございますか？　行商人は、ここにないものをいろいろと運んできますから、大抵《たいてい》のものは揃《そろ》います」

「珍《めずら》しい色の貝で飾《かざ》られた髪留《かみど》めや、華やかな色の帯も荷にあるはずですわ。冬になると山を越《こ》えられないので、次回は雪解けの季節を待たなければなりません。今のうちに何かございましたら……」

菖蒲と、その後を継《つ》いだ胡桃の言葉に、花楓は考えるまでもなく首を横に振った。

「ううん。十分に足りてる」

現状でも、十分すぎるくらいなのだ。

花楓の村でも、年に何度か行商人が様々な物を運んできた。物品だけでなく、他《ほか》の土地の情報を教えてもらったり、村を出る若者を途中まで帯同させてもらったり……重要な客人だった。

それは、山犬族の郷でも同じようだ。

花楓の返事に、胡桃は不満そうに「もう」と零《こぼ》す。

「花楓様ったら、ご自身を飾ることに本当に興味がないんですから。蒼月様にご相談することにします」

「えー？　蒼月も、無駄《むだ》なものはいらないって言うんじゃ」

「花楓様のことになると、別ですわ。あんなに愛されているんですもの」

拳《こぶし》を握《にぎ》り、耳を震《ふる》わせながら力説する胡桃に、なにも言い返せなくて苦笑《くしょう》する。

甘やかされている……のは間違いないと、花楓自身も思う。

けれど、花楓は『奥方様』ではないのだ。一生懸命に仕えてくれる菖蒲や胡桃を騙《だま》していると思えば、時々胸が苦しくなる。

無意識に右手で左腕《ひだりうで》を握ると、目敏《めざと》くその仕草に気づかれてしまった。

「花楓様。お寒いですか？」

胡桃が、急いで薄手《うすで》の羽織を肩《かた》に被《かぶ》せてくる。

菖蒲は窓を閉めて、花楓の足元を絹の手《て》拭《ぬぐ》いで覆《おお》った。

「蒼月様なら、きっとご立派な鹿を仕留められますわ。厨房《ちゅうぼう》に伝えて、今夜は煮《に》込《こ》みにしてもらいましょう」

分不相応なほど、大切にしてもらっている。それは、蒼月の……頭領に嫁《よめ》入《い》りをした、『奥方様』だから。

「……二人とも、ありがと」

二人にお礼を言って、笑いかける。

今の花楓にできる感謝を伝える手段は、これだけしかない。だから、精いっぱい笑ったつもりだけど……ぎこちなく不自然なものだったかもしれなくて、きちんと謝意を伝えることもできないのかと落ち込んだ。

□□□

「菖蒲と胡桃が、困っていたぞ。花楓は欲がない。綺《き》麗《れい》な衣装《いしょう》で着《き》飾《かざ》ったり、頬や唇《くちびる》に紅を差したりしたいのに……と」

菖蒲と胡桃から早速《さっそく》報告を受けたらしく、寝所にやって来た蒼月は花楓の顔を見るなりそう言って苦笑する。

「……おれを着飾らせても、無駄だと思う。それに、今でも十分満ち足りているから、これ以上を望んだら罰《ばち》が当たる」

座布団《ざぶとん》に座った花楓は、うつむいてため息をつく。蒼月は、花楓に綺麗な衣装や紅などが相応《ふさわ》しくないことを知っているはずだ。

「無駄とは思わないが。花楓は愛らしいから、きっと紅も似合う。華やかな衣装は……動きづらいから嫌《いや》だと言われたか」

ここで生活を始めて間もなく、服が気に入らないと直談判《じかだんぱん》した時のことを思い出したのか、ククッと肩を揺《ゆ》らしながら花楓の隣《となり》に腰《こし》を下ろしてきた。

ふと視線を向けた先、寝間着の袖口《そでぐち》から覗《のぞ》く蒼月の左手首に傷があることに気がついた。

「蒼月、怪我《けが》を……」

「鹿の角を、軽く引っ掛《か》けただけだ。すぐに治る」

「本当に？　痛くない？」

花楓は、蒼月の手を取ってまじまじと観察する。蒼月は軽く引っ掛けただけと言ったが、人差し指の長さほどの切り傷に眉《まゆ》を顰《ひそ》めた。

指の腹で、そっと傷を辿《たど》る。

「立派な鹿が、三頭も獲《と》れたんだってね。それはすごいと思うけど、頭領なのに、危険なことをして……」

深い傷ではない証拠《しょうこ》に血は乾《かわ》いているし、すぐに治るというのも本当だろう。でも、安全なところから指示を出すだけでもいいのではないかとつぶやいた花楓に、蒼月は「逆だ」と短く答えた。

「頭領だから、率先《そっせん》して狩りの先頭に立つべきだろう。郷の民を導く責任がある」

淡々《たんたん》とした語り口からは、余計な気負いを微塵《みじん》も感じない。心からそう思っているのだと、伝わってくる。

蒼月の左手を両手で握った花楓は、スッと息を吸い込んで口を開いた。

「……蒼月は、立派な頭領だ。皆《みんな》に信頼《しんらい》されていて、頭領にふさわしい力量で、だから……おれじゃダメなんじゃないの？」

蒼月の手をギュッと握り、傷に視線を落として少し早口で言い切る。

いつか、言わなければならないと思っていた。でも、いざとなれば蒼月の顔を見ながら告げることができない。

「花楓？　どういう意味だ」

怪訝《けげん》そうに花楓の名前を呼んだ蒼月が、逆に花楓の手を握ってくる。もう片方の手でうつむく顔を上げさせられて、蒼《あお》い瞳《ひとみ》と視線が絡《から》んだ。

花楓を見下ろす眼差《まなざ》しは鋭《するど》く、いつになく険しい表情だ。耳がピンと立ち、一言も聞き逃《のが》さないと表している。

強く握られた手が痛いけれど、伝えなければならないことがある。

「蒼月は、おれが本当の意味で奥方になれないって知ってるのに……大切にしてくれるのが不思議だ。だって、跡《あとと》取りができない。だから、側室を迎《むか》えてもいいんじゃないの？　おれは……誰《だれ》も、怒《おこ》らない」

「なにを唐突《とうとつ》に」

「唐突じゃない！」

ここしばらく、ずっと頭の隅《すみ》で考えていたことだった。

これほど民《たみ》の信頼を集める頭領に跡取りができないことは、山犬族にとって不幸ではないだろうか。

花楓が蒼月を独《ひと》り占《じ》めしている限り、不可能なのに……大切にしてもらっている。菖蒲や胡桃だけでなく、山犬族すべてに対して申し訳ないし心苦しい。

「蒼月の跡取りは、郷《さと》にとって必要だと思う」

上手《うま》く言葉にできたかどうか、わからない。

なんとか言い終えて言葉を切ると、蒼月は険しかった表情を緩《ゆる》めて花楓の手を握る指から力を抜《ぬ》いた。

「その点に関しては、心配無用だ。跡取りは、既《すで》に存在している」

「……蒼月、子供がいたの？」

蒼月の言葉に、きょとんと目を瞠《みは》った。

花楓が知らなかっただけで、跡取りとなる子がいるのだろうか。だとしたら、見当違《けんとうちが》いなことを口走ったのかもしれない。

「そんなに不思議そうな顔をするな」

自分では、どんな顔をしているのかわからないけれど、蒼月は苦笑して花楓の目尻《めじり》を指の腹で撫《な》でた。

「俺の子ではない。花楓も逢《あ》っただろう。黒毛の、生意気なガキだ」

「黒炎？　でも、黒炎は弟だって……」

異母兄弟だとは聞いたが、確かに血統的には問題がないのかもしれない。ただ、後継者《こうけいしゃ》というには年齢《ねんれい》が近すぎる気がする……というのは、余計なお世話だろうか。

戸惑《とまど》う花楓に、蒼月は小さく笑って端整《たんせい》な顔を寄せてきた。唇が軽く触《ふ》れ合い、花楓は蒼月の肩を押し戻《もど》す。

「蒼月、まだ話が終わってない」

真面目《まじめ》な話をしている途中《とちゅう》なのに……と、口づけを拒《こば》んで軽く睨《にら》んだ花楓に、蒼月は不満そうに耳を倒《たお》して尻尾《しっぽ》を大きく揺らした。

「俺は、黒炎が十八か九の、頭領となるのにふさわしい年頃《としごろ》に育つまでの暫定《ざんてい》的な頭領だ。先代の頭領……父上が、予想より早世されたせいでな。あと、六年ほどか。それまでに、黒炎をしっかり鍛《きた》えないといけないな。今はまだ、自己中心的な子供だ」

あと、六年ほどで黒炎に頭領の座を譲《ゆず》る。そう迷いなく言い切る蒼月が、花楓から見れば不思議だった。

現在二十五歳だという蒼月は、六年後でも心身が衰《おとろ》えるにはまだ早く、十分に頭領として率いていられるはずだ。

郷の皆も、蒼月が頭領の座に留《とど》まることを望んでいるのではないだろうか。

「蒼月……」

「だから、花楓が気に病《や》むことはない。側室も不要。俺には、花楓だけいればいい」

花楓に言い聞かせるように、強い口調で断言して唇を重ねてくる。今度は拒むことができなくて、瞼《まぶた》を伏《ふ》せて口づけを受け止めた。

「ン……ぁ」

手を上げて蒼月の頭を抱《だ》くと、耳に指が触れる。

目を閉じていても、その毛並み……色合いまで明確に思い浮《う》かべることができるほど、馴染《なじ》んだものだ。

山犬族の郷にすっかり慣れ、蒼月の傍《そば》にいることが当たり前のようになって……すっかり、この郷の一員になったつもりでいた。

でもきっと、まだまだ花楓の知らないことがいくつもある。

だから、蒼月は花楓が同じ想《おも》いではないと言うのだろうか。

なにも知らないのだから、どういうことだと尋《たず》ねることもできない。蒼月から話してもらわないと、わからない。

蒼月は、花楓が受け入れていないみたいな言い方をしたけれど、きちんと教えてくれないのではないか……と恨《うら》みがましい思いになり、深い毛に覆《おお》われた耳を軽く引っ張った。

「こら、花楓。痛いぞ」

「……力加減、間違えた。ごめんね」

そっと指先で撫でると、耳を震《ふる》わせて目を細める。仕切り直しとばかりに唇《くちびる》を塞《ふさ》がれて、熱い舌を受け入れた。

郷で、蒼月だけの毛色。白に青灰色《あおはいいろ》の交じった、不思議で綺麗《きれい》な毛と……目を閉じている今は見ることのできない蒼い瞳。

蒼月だけの瞳の色や毛色が、花楓はすごく綺麗だと思う。

それらにも、なにか理由があるのか……以前、聞こうとしたことがある。

でも、蒼月にはぐらかされ、拒絶《きょぜつ》の空気を感じ取り、それ以上踏《ふ》み込めなくて言葉を引っ込めてしまったのだ。

いつか、それらも知ることのできる日が来るのだろうか。

花楓が、蒼月を本当に受け入れた時……？

同じ想いを抱《いだ》いていることを証明するには、どうすればいい？

花楓を過剰《かじょう》なほど甘やかして、大切そうに触れてくるのに……肝心《かんじん》なことは教えてくれないのだなと、背中で揺れている尻尾を軽く握《にぎ》った。

《七》

蒼月は、冬が来る前にしなければならないことがたくさんあるらしく、ここしばらく若者たちと共に忙《いそが》しそうに走り回っている。

花楓も手伝いたいと思うのだが、足手纏《あしでまと》いになるだけだろうと思えば無理についていくことはできない。

結果、屋敷《やしき》に籠《こ》もって菖蒲や胡桃から編み物を習う日々だ。女性の仕事だろうと渋々《しぶしぶ》始めた編み物も、実際に手掛《てが》けると予想より難しくて面白《おもしろ》い。

夢中で編針を動かしていた花楓は、先ほどから周りがやけに静かだと気がついた。

なにかと花楓に構いたがる、菖蒲と胡桃の声が聞こえないせいだ。

胡桃は、所用で席を外していることを知っているからいなくても不思議ではないが……。

「あ……れ？」

ついさっきまで一緒《いっしょ》にいた菖蒲の姿が見えないと思ったら、窓の外……庭先に立っている。

山犬族の女性としばらく話していたかと思うと、なにか……布の塊《かたまり》のようなものを受け取って、相手の女性が足早に離《はな》れていった。

なにをしているのだろう？

不思議になった花楓は、下履《したば》きに足を入れて庭に出る。一段と涼《すず》しさが増した風に目を細めて、菖蒲の背後から近づいた。

いつもクルリと巻いている黒い尻尾が少しだけ下がっているのは、なにか困りごとがあるせいだろうか。

「あや……め？」

声をかけた花楓と目が合ったのは、菖蒲ではなかった。菖蒲の肩《かた》に手をかけ、小さな三角形の耳の子供がこちらに顔を覗《のぞ》かせたのだ。

子供？　二つ……三つには、なっていないくらいだろうか。

「花楓様っ？　無断でお傍を離れて、申し訳ございません」

振《ふ》り向いた菖蒲は、慌《あわ》てた様子で花楓に頭を下げる。

「いや、謝らなくていいけど……どうしたの、この子？」

「姉の子で、蘇芳《すおう》と言います。いつもは両親が面倒《めんどう》を見ているのですが、今朝は母の具合が悪いようで黒炎様のお屋敷に勤めている姉がお暇《ひま》をいただいたんです。それが、急に人手が必要になったらしく、少しのあいだ見ていてくれないかと……」

どうやら、菖蒲の甥《おい》のようだ。

黒炎の屋敷は、蒼月の住むここの近くなので、菖蒲に預けたようだが……苦渋《くじゅう》の選択《せんたく》だったに違《ちが》いない。

小さな蘇芳を抱いた菖蒲は、恐縮《きょうしゅく》しきっている。

「なんだ、それじゃ中に入りなよ。外に立っていたら、寒いだろうし」

「ですが」

「おいで、蘇芳。なにして遊ぼうか」

躊躇《ためら》う菖蒲をよそに、大人の事情などまだ知らない蘇芳は、笑いかけた花楓に手を伸《の》ばしてくる。

菖蒲から蘇芳を抱き取り、ぴくぴく震える小さな耳に唇を綻《ほころ》ばせた。人懐《ひとなつ》っこいのか、初対面の花楓に物怖《ものお》じすることなく身体《からだ》を預けてくる。

「これ、蘇芳。花楓様、申し訳ございません。蘇芳が失礼を」

「大丈夫《だいじょうぶ》。村では、よく子供の面倒を見ていたんだ。他《ほか》の仕事では、あまり……役に立たなかったから。菖蒲、あたたかい飴湯《あめゆ》を飲みたいな。三……四人分ね」

冬支度《ふゆじたく》のため、衣装《いしょう》部屋に厚手の敷物《しきもの》を取りに行っている胡桃が、そろそろ戻ってくるはずだ。

花楓の言葉が、みんなで飴湯を飲もうという意味だと悟《さと》ったのだろう。菖蒲は、「はい」と大きく頭を下げて身体の向きを変えた。

庭を歩きながら、花楓に抱かれて機嫌《きげん》よく笑う蘇芳の耳をつつく。

「蘇芳ってば、花楓様に抱《だ》っこされてご機嫌なんだから。姉さんが知ったら、卒倒《そっとう》しちゃう。花楓様、重いのでは？」

「全然重くない。お姉さんには……内緒《ないしょ》にしてたら、わかんないよ」

　両手で抱いた小さな身体は、あたたかくて、心地《ここち》いい重みだ。小さな耳も、まだ短い尻尾《しっぽ》も可愛《かわい》い。

「蘇芳は格好いい毛色だね」

　花楓が褒《ほ》めると、蘇芳の小さな尻尾が左右に振られる。

　蘇芳の毛色は濃《こ》い灰色だけれど、尻尾の先と両耳の先の毛が、少しだけ白い。おしゃれな飾《かざ》り毛のようで、山犬族の毛色は個性豊かなのだな……と唇を綻ばせた。

「……で、すごく可愛かった」

　蘇芳と遊んだ数時間のことを語る花楓を、蒼月は楽しそうに目を細めて聞いてくれる。

「もう三つになるのか。ついこの前まで、赤子だったのに」

　天井《てんじょう》付近に視線を泳がせてそう口にした蒼月は、どうやら蘇芳のことを知っているらしい。

　花楓は、「蘇芳と逢《あ》ったことある？」と首を傾《かし》げる。

「郷《さと》に赤子が誕生すると、数日のあいだに祝いの品を届ける。毛色を確かめて、似合いの産着《うぶぎ》を贈《おく》る」

「なるほど。蘇芳の毛色も、珍《めずら》しくて綺麗だったな」

蒼月ほどではないが、茶系の多い山犬族の中では少し珍しいものだと思う。菖蒲も黒に近い灰色なので、家系的なものかもしれないが……。

花楓の頭を両手で触《さわ》り、自分たちのような毛に覆われた耳がないことに不思議そうな顔をしていた。

尻尾を探してか、花楓の穿《は》いている洋袴の裾《すそ》を捲《まく》り上げて頭を突《つ》っ込もうとして、菖蒲に叱《しか》られていたが……しゅんと垂れた尻尾も可愛かった。

「また今度、遊ぶ約束をした」

蘇芳と遊んだのはほんの数時間なのに、別れが名残惜《なごりお》しくて「また遊ぼうね」と小指を絡《から》ませて約束をした。

菖蒲は恐縮していたが、花楓と蘇芳の約束なのだから必ず実現させるつもりだ。

花楓の話を楽しそうに聞いていた蒼月が、なにやら思い出したように「ああ、そうだ」と口を開いた。

「夕刻、峠《とうげ》から一つ向こうの峰《みね》に行商人の一行が見えた。明日には到着《とうちゃく》するだろう。歓迎《かんげい》の宴《うたげ》を催《もよお》すから、花楓も同席しろ」

「えー……」

歓迎の宴ということは、大勢の山犬族や行商人を交えた華《はな》やかな場だろう。そこに自分が列席するのは、場違いというものでは……。

そう思って渋《しぶ》ると、蒼月の背後から菖蒲の声が「畏《かしこ》まりました」と答えた。

「菖蒲っ？」

「お寛《くつろ》ぎのところに、失礼いたします。ランプの油が少なくなっていましたので、注《つ》ぎ足させてくださいませ」

油を補充《ほじゅう》するための、細長い注ぎ口のポットを手に持った菖蒲が入ってくる。

蒼月に頭を下げてランプの油受けに注ぐと、花楓に向き直った。

「……花楓様、頭領の奥方様である花楓様が客人を持て成すのは当然です。装《よそお》いについてはご心配なく、わたくしと胡桃にお任せください」

「でも」

「お任せくださいますねっ？」

笑顔《えがお》なのに、眼差《まなざ》しが鋭《するど》い。否《いな》を許さないという圧を感じる。反論できない花楓は、唇《くちびる》を引き結んでこくこくとうなずいた。

「では、失礼致《いた》します。蒼月様、ごゆるりと」

「ああ。花楓のことは、菖蒲たちに任せておけば心配なさそうだ」

「……恐《おそ》れ入ります」

菖蒲は、静々と頭を下げて部屋を出て行った。

花楓のみと接している時の、数倍も丁寧《ていねい》な立ち居振《いふ》る舞《ま》いなのは……当然か。

「ククッ……頼《たの》もしいな。威勢《いせい》のいい花楓が、菖蒲には言い返せないか」

「菖蒲は、頼《たよ》りがいがあって有能だけど……有能すぎて、時々怖《こわ》い。この前は、庭に蜂《はち》の巣《す》を見つけて蜂の子がいないかどうか胡桃と一緒《いっしょ》に覗き込んでいたら、ものすごく怒《おこ》られた。蜂に刺《さ》されたらどうするんですか、って」

胡桃と二人で肩を並べて、「ごめんなさい」「もうしません」と誓《ちか》わされたのだ。実の姉のお説教よりも恐ろしかった。

花楓の言葉に、蒼月は眉《まゆ》を顰《ひそ》めて指先を握《にぎ》ってくる。

「それは花楓が悪い。菖蒲が叱るのも当然だ」

「うん……胡桃にも悪いことした」

花楓が菖蒲の説教から解放された後も、胡桃はこんこんと叱責《しっせき》されていたのだ。お止めするべき立場の胡桃が、花楓様と一緒になってなにをしているんです……と。

項垂《うなだ》れた胡桃のぺたりと伏《ふ》せた薄茶色《うすちゃいろ》の耳と、力なく垂れ下がった尻尾が可哀《かわい》そうで……好《こう》奇《き》心《しん》の赴《おもむ》くまま行動するのはやめようと、心に決めた。

「俺のためにも止めてくれ。心配で、片時も放したくなくなる」

「……ん」

指先に口づけられて、小さく頭を上下させた。

蒼月が、こんなふうに懇切《こんせつ》丁寧に扱《あつか》うから……周りの皆《みな》まで、花楓を護《まも》らなければならないか弱い存在のように認識《にんしき》しているのだ。

純人という理由で小柄《こがら》なのは仕方ないが、本来花楓は蒼月たちと共に狩《か》りに出るべき立場なのに……。

「行商人の荷に美しい反物《たんもの》があれば、それで花楓の羽織を作らせよう。髪留《かみど》めが嫌《きら》いなら、色《いろ》鮮《あざ》やかな紐《ひも》で編み込むのはどうだ」

「なにもいらない」

指先でそっと花楓の髪に触《ふ》れて、何かしら飾り付けようとする蒼月に、ゆっくりと首を左右に振《ふ》る。

身の丈《たけ》に合わない贅沢《ぜいたく》をしたいわけでもないし、優雅《ゆうが》な生活を望んでいるわけでもないのだ。

山犬族の郷に来た理由は、『頭領の花嫁《はなよめ》』となることではあったけれど、平和で心穏《こころおだ》やかに過ごせる現状は戸惑《とまど》うばかりで……これでいいのかと、たまに不安になる。

平穏《へいおん》だから不安だなど、矛盾《むじゅん》していると自分でも思う。

抱き込まれた蒼月の両腕《りょううで》の中は、胸の奥が苦しくなって……安堵《あんど》感《かん》に包まれて、気《き》恥《は》ずかしい。

蒼月と過ごす夜を重ねるたびに、色んなものが入り混じった複雑な思いがムクムクと育っていく。

うつむいて黙《だま》り込んだせいか、花楓の顔を覗《のぞ》き込んだ蒼月が、わずかに表情を曇《くも》らせる。

「どうした、花楓。寒いか？」

「……少し。蒼月がギュッとしてくれたら、寒くない」

蒼月の背中に抱きついて、手に触れた尻尾をそっと握る。

花楓を包み込む長い腕の中は、暖かい。蒼月の尻尾を触らせてもらえるのは、弟の黒炎以外では花楓だけで……きっと、名誉《めいよ》なことだろう。

自分の意志で嫁《とつ》いだわけではないのに、今の生活はずいぶんと恵《めぐ》まれていると思う。

でも、そうだ。

蒼月が花楓を選んだ理由は、まだ明確に聞いていない。

□□□

郷を訪《おとず》れた行商人の一行は、五人の男と一頭のロバだった。いつもやって来る行商人ではないらしく、珍しい商品が多いと菖蒲と胡桃が目を輝《かがや》かせていた。

彼らを持て成す為《ため》、夜の帳《とばり》が下りるのを待ちかねて宴会《えんかい》が始まった。並んで敷物《しきもの》に腰《こし》を下ろした蒼月と花楓のもとに、行商人の大将だという男が近づいてくる。

床《ゆか》に片膝《かたひざ》をつき、丁重《ていちょう》に頭を下げた。

「お初にお目にかかります。頭領と……奥方様でいらっしゃいますか。盛大な宴を開いてくださり、ありがとうございます」

「ああ。この後、山を越《こ》えるそうだな。ゆるりと休んでいけばいい」

蒼月は、行商人の男の酌《しゃく》を受けて、言葉を返す。

奥方様にも……と徳利《とっくり》を向けられた楓は、うつむき加減で盃《さかずき》に酒を受けた。

「ここの前は、どこらにいらしたので？」

「狸《たぬき》族の郷に、数日逗留《とうりゅう》して……純人の都に立ち寄り、こちらへ」

「この郷は、どうです？　率直《そっちょく》に」

蒼月が率直にと促《うなが》したせいか、床に膝をついている行商人は少し躊躇《ちゅうちょ》するように視線を泳がせて、口を開いた。

「……山犬族の郷にお邪魔《じゃま》したのは初めてですが、北の都にも引けを取らない文化的なお住まいで……噂《うわさ》とはずいぶん違《ちが》うのだなと、驚《おどろ》きました」

「噂、か。純人のあいだでどのように噂されているのかは、想像に難《かた》くない。……寝込《ねこ》みを襲《おそ》って喰《く》うことはないので、ご安心を」

「は……は、ははっ。頭領殿《どの》、冗談《じょうだん》がお上手ですな」

蒼月の台詞《せりふ》に対して、冗談だろうと念押ししているつもりなのだろうけど……顔も声も、引き攣《つ》っている。外見は屈強《くっきょう》な大男だが、山犬族に囲まれていることに緊張《きんちょう》していないわけではないのだろう。

花楓は思わず肩《かた》を震《ふる》わせてしまい、手に持っている盃から酒が零《こぼ》れる。

「すみません、不調法で……」

小声で謝罪した花楓の頭に、蒼月が手を伸《の》ばしてくる。

「我が愛妻は、見ての通りでして……これで、安心していただけるかと」

「蒼月っ」

蒼月の言葉の終わりと同時に、頭に被《かぶ》っていた薄布《うすぬの》を剥《は》ぎ取られてしまう。視界が明るくなり、思わず抗議《こうぎ》の声を上げた。

山犬族の証《あか》しである、毛に覆《おお》われた三角形の耳がないことは一目瞭然《いちもくりょうぜん》だろう。

頭領の伴侶《はんりょ》が純人なのは、きっと不自然だと思われる。そうわかっていたから、外見で悟《さと》られることのないよう頭を隠《かく》していたのに。

「奥方様は、純人で……」

やはり、純人が頭領の『奥方様』であることは、予想外だったに違いない。行商人が、戸惑いをたっぷりと含《ふく》んだ声でつぶやくのが聞こえる。

花楓は頭を覆っていた布を取り除かれてすぐに顔を伏せたので、行商人の男がどんな顔をしているのかわからない。

「そういうことだ。花楓、明日の朝にでも荷を見せてもらえ。気に入ったものがあれば、羊の毛糸か絹の反物と交換《こうかん》すればいい」

「そんな……もったいない。郷《さと》に必要な物と交換してください」

蒼月の提案に、花楓はそっと眉を顰めて首を横に振る。

羊の毛糸も、絹の反物も、ものすごく手がかかっている貴重品だ。交換するなら、保存食か薬か……民《たみ》の為となるもののほうがいい。

「このように、欲のない妻でつまらん。適当に、似合いそうなものを見繕《みつくろ》ってくれ」

蒼月の言葉に、戸惑いがちに「ええ、それは……」と答えた行商人は、純人の花楓が頭領の伴侶であるということにまだ戸惑っているようだ。

行商人一行に警戒心《けいかいしん》を解いて安心してもらうためなのかもしれないが、花楓が純人であることを教えてしまってよかったのだろうか。

頭領としての威厳《いげん》が、低下しなければいいのだが……。

そろりと行商人を窺《うかが》うと、視線が合ってしまった。花楓はすぐに目を逸《そ》らしたので、結局彼がなにを思っているのか読むことはできなかった。

「綺麗《きれい》。ねぇ、胡桃。この布で、冬の羽織を繕《つくろ》いましょう」

「花楓様には、大きな花柄《はながら》よりこちらの小花のほうが似合うと思うんだけど……。あ、この藍《あい》色《いろ》もいいわ。郷では出せない色だもの」

菖蒲と胡桃は、郷にはない珍《めずら》しい柄《がら》や色の反物を前にして、楽しそうに語りながら選んでいる。

花楓は意見を求められても「もっと地味でいい」とか「そんなにいらない」としか返さないのでつまらないらしく、二人だけで話すようになってしまった。

いろんな土地を巡《めぐ》っているという言葉どおり、行商人の荷には珍しいものがたくさんある。

ふと、不思議な色の石で作られた首飾《くびかざ》りが目に留まり、しゃがみ込んで手に取った。

「そちらは、貝を加工したものです」

行商人の一人が、花楓が手にしたものの説明をしてくれる。

「貝？　こんなに綺麗な、桃色《ももいろ》の貝があるんですね」

花のような色だ。貝は海で採れるのだと知ってはいても、これほど色鮮やかなものは初めて見た。

「……奥方様は、どのような経緯《けいい》で山犬族の頭領に嫁入りなさったので？」

菖蒲と胡桃に聞かれないようにか、声を潜《ひそ》めて尋《たず》ねられる。

唐突《とうとつ》な質問に、花楓はどう答えればいいのか迷い、「それは……」と口籠《ご》もってしまう。

流された橋を修復してもらったお礼に、というのは不自然だろう。蒼月に指差されたとはいえ、それが何故《なぜ》『花楓』だったのかは花楓自身も知らない。

花楓が返事をしなかったせいで、行商人は勝手に答えを見つけたようだ。

「攫《さら》われるか、迷い込むかして……囚《とら》われているので？　山犬族は、野蛮《やばん》で凶暴《きょうぼう》だと都で噂されています。話した印象としては、噂ほど獣《けもの》じみてはいませんが……頭領は毛色からして特異ですしねぇ」

「特異、って……」

嫌《いや》な言い回しをする行商人に、表情を曇らせる。

花楓は、初めて目にした時から蒼月の毛色を美しいとばかり感じていた。山犬族の中でも一《ひと》際《きわ》立派な尻尾《しっぽ》と耳は、威風堂々《いふうどうどう》として見事だ。

花楓が表情を曇らせた理由を、自分たちの言葉に同意するものだと受け取ったようだ。行商人は、菖蒲と胡桃をチラチラ見ながら言葉を続ける。

「狐《きつね》族の村で、山犬族から嫁いできたという女性から聞きましたが……頭領の毛色は、かつて海を渡《わた》ってやって来た祖先の狼《おおかみ》族のものらしいですな。先祖返りした山犬族は、異質な毛色と瞳《ひとみ》の色を持って生まれる。先祖の力が強すぎるせいで、敢《あ》えて純人を娶《めと》るとか……。古《いにしえ》の力を持つ蒼《あお》い瞳の山犬族は、完全に獣の姿に変わることができるという噂は、事実ですか？」

「それは……知りません」

初めて聞くことばかりで、戸惑《とまど》った。

海を渡ってやって来た、狼族？

確かに蒼月は、山犬族の中でも際立って大きな耳と立派な尻尾を持っている。毛の色も瞳の色も、蒼月だけ皆《みな》と異なる。

言葉を失う花楓に、行商人は潜めた声で続ける。

「何かのきっかけで祖先の姿、狼に変化《へんげ》すると……人の理性を失い、凶暴な獣そのものとなり、純人も混合種も無差別に喰い殺すそうです。伝え聞いたところによると、純人の心の臓を喰うまで理性を取り戻《もど》せないとか。恐《おそ》ろしい話です」

「噂……でしょう？」

突飛《とっぴ》もない話を信じることができなくて、小さく言い返す。

完全な獣に先祖返りする……なんて、混合種を初めて目にした純人の子供が言いそうなことだ。

凶暴な獣となり誰彼《だれかれ》構わず喰い殺す蒼月など、想像もつかない。

「逃《に》がして差し上げましょうか」

「…………」

唐突な提案に驚《おどろ》いた花楓は、目を瞠《みは》って行商人を見た。

花楓の興味を引くことができたと思ったらしく、行商人はますます声を低くして続きを口にする。

「ここを出る時に、荷に隠れればよろしい。純人の村までお送りしましょう。その際に、協力していただきたいことがありまして……」

「花楓様ぁ！」

行商人が語ろうとした言葉を、花楓を呼ぶ元気のいい胡桃の声が掻《か》き消した。

行商人は、慌《あわ》てた様子で口を噤《つぐ》む。

「候補が二つに絞《しぼ》られました。どちらがいいか、決めていただけますか？」

「あっ、うん。すぐ行く」

立ち上がり、荷の陰《かげ》から顔を覗《のぞ》かせて答えた花楓は、行商人に告げる。

「今の話は、聞かなかったことにします。攫われたわけでも、囚われているわけでもありませんから」

逃がしてもらう必要はないと伝えて、菖蒲と胡桃に駆《か》け寄った。

花楓と行商人のやり取りなど知る由《よし》もない菖蒲と胡桃は、それぞれ選んだ反物《たんもの》を手にして花楓の肩に当てる。

「顔映りがいいのは、こちらでしょう」

「この小花も素敵《すてき》ですわ。……花楓様は、どちらがお好みですか？」

楽しそうな二人は、行商人の語った蒼月についての噂《うわさ》を知っているのだろうか。

チラリと頭に過《よぎ》った疑問を、首を横に振《ふ》って追い払《はら》う。

行商人から聞かされたことを、鵜呑《うの》みにしてはいけない。

花楓は、この郷で二月《ふたつき》近く山犬族と生活している。ふらりとやって来た行商人よりも、彼らのことを知っているのだ。

……そう思うのと同じくして、本当に知っているのか？　という疑念が湧《わ》く。

「花楓様？　どうかしました？」

「御顔色《おかおいろ》が、よくないのでは？」

花楓がなにも答えずぼんやりと突《つ》っ立っているせいか、菖蒲と胡桃が心配そうに顔を覗き込んでくる。

ハッとした花楓は、慌てて笑顔《えがお》を繕って口を開いた。

「どっちも綺麗だから、迷うなぁ……ってぼんやりしてた。どっちでもいいよ」

左右の肩《かた》に当てられている反物を見下ろして、どちらでもいいと答えた花楓に、菖蒲と胡桃は困ったように顔を見合わせた。

「あら、それでは蒼月様にお伺《うかが》いします？」

「蒼月様なら、迷うなら両方でいいのではと仰《おっしゃ》いそう」

「それもそうね。……そうしましょうか」

うなずいて笑う二人に、花楓は焦《あせ》った。そんなつもりではなかったのに、とんでもなく贅沢《ぜいたく》なことになってしまう。

「ちょっと待って。両方ともなんて、無駄《むだ》な」

制止しようとする花楓をよそに、菖蒲と胡桃は行商人へ「これとこれを」と反物を示す。

行商人は、ほくほくとした顔で「さすが、お目が高い。どちらも極上《ごくじょう》品ですよ」と話を決めてしまった。

花楓の意見など、最初から必要がなかったのではないかと途方《とほう》に暮れる。

「……奥方様。決心されましたら、お声をかけてください。夕刻まではこちらにいますので」

斜《なな》め後ろから潜めた声で話しかけられて、表情を引き締《し》めた。

この郷《さと》から逃げ出すことなど、一度も考えたことはなかった。もともと、橋を修復してもらったことの見返りとしての婚姻《こんいん》だったのだから、花楓が山犬族の郷を出ることは裏切り行為《こうい》でしかないし、村に逃げ帰るなどできるわけがない。

それを知らないから、行商人は親切心で逃がそうとしてくれている……本当に、そうなのだろうか？

なにか、他《ほか》に思惑《おもわく》があるのでは？

広間に広げられた品物を見回しても、行商人たちの様子を見ても、特に変わったところはないと思うが……。

疑い出すと、なにもかもが怪《あや》しく見える。

「花楓様。蒼月様に見ていただきましょう」

「きっと、似合うとお喜びになりますわ」

反物を抱《かか》えた菖蒲と胡桃に急《せ》かされて、蒼月のいる部屋へと向かう。

チラリと振り向くと、花楓に『山犬族の頭領の噂』を語った行商人と目が合った。

深々と頭を下げられて、顔を背《そむ》ける。

行商人の語ることを、すべて信じてはいけない。

けれど確かに、抱《いだ》き続けていた疑問はある。

純人の花楓が頭領の蒼月に嫁入《よめい》りすることに、反感を持つ民《たみ》は誰《だれ》もいなかったのだろうか。

婚礼の儀《ぎ》を取り仕切った神官の口振《くちぶ》りでは、『頭領の花嫁』が『純人』の花楓であることが重要であるかのような言い方だった。

花楓たちにとって山犬族は、畏怖《いふ》の対象だった。でも、山犬族たちにとっての花楓たち純人も、正体不明の存在だったに違《ちが》いない。

それでも、『純人』を娶らなければならない理由が、あったのでは……？

行商人が語ったように、いざという時に『心の臓を喰らうため』？　と思い浮《う》かび、背筋をぞくりと悪寒《おかん》が走る。

よく考えれば花楓が『花嫁』としてやって来た経緯《けいい》も、皆に歓迎《かんげい》されることも、不思議だ。
蒼月が、早々に頭領の座を弟の黒炎に譲《ゆず》ろうとしている理由も、ハッキリとしたことは聞けていない。

蒼月や菖蒲や胡桃、山犬族を信じたいという思いと行商人に聞かされた話が頭の中でごちゃごちゃに縺《もつ》れ合い、混乱するばかりだった。

《八》

眠《ねむ》れない。

そろりと寝《ね》返《がえ》りを打った花楓の目に、窓の薄紙《うすがみ》を通して差し込む月の光が映る。

やけに明るいな……と思い、寝具《しんぐ》から這《は》い出ると少しだけ窓を開けて夜空を見上げた。

「満月だ」

雲一つない夜空に、丸い月がぽっかりと浮かんでいる。婚礼の儀の夜を思い出す、見事な月夜だ。

寝具を振り向くと、上掛《うわが》けの端《はし》から蒼月の尻尾《しっぽ》がはみ出ているのが見えた。

ふっと、無意識に笑みを浮かべてしまう。

「……手とか脚《あし》じゃないから、寒くないのかな」

ふさふさの毛に覆《おお》われた尻尾は、寒さを感じないのだろうか。尻尾を持たない花楓には、想像するしかない。

「ふぅ……」

窓の隙間《すきま》から入る風が、少し冷たい。間もなく秋が終わり、厳しい冬がやってくる。

山犬族の郷は雪に覆われると話に聞いただけで、花楓はまだ実際に体験していない。そのせいで、菖蒲や胡桃が冬支度《ふゆじたく》に追われていても「大袈裟《おおげさ》だ」と苦笑《くしょう》して、「花楓様はのんびりしすぎです」と怒《おこ》られることになるのだろう。

厄介《やっかい》な雪が降る季節の前に山岳《さんがく》地帯を抜《ぬ》けたい、少しでも早く次の村に向かいたいからと、行商人一行は日が暮れる直前に郷を発《た》った。

朝まで待ったほうがいいのではと、もう一泊《いっぱく》するよう勧《すす》めた蒼月に、彼らは山中での野営には慣れていると断って足早に出発した。

行商人が立ち去ったことに、ホッとしたことは秘密だ。

彼らは、花楓が山犬族の郷から逃《に》げ出すことを望んでいると思い込んでいたようだが、花楓の望みはそうではない。

隠《かく》れるようにして蒼月の陰《かげ》に立って見送った花楓の姿に、行商人はここから出る意思がないと受け取ったはずだ。

「……あれ？」

窓を閉めようとした花楓は、視界の端で黒い影《かげ》が動いたような気がして手を止めた。

山犬族に比べれば、花楓は夜目が利《き》かない。ただ今夜は、皓々《こうこう》とした月明かりのおかげで視界が確保できる。

「やっぱり……」

通りを歩くのは、人影だ。二人……三人。

夜の散歩か、夜行性動物に畑を荒《あ》らされないよう見張りをしているのだろう……と思い、心の中で「お疲《つか》れ様」と労《ねぎら》って窓を閉めた。

寝具に戻《もど》ろうとしたところで、先ほど目にした人影に違和感《いわかん》を覚えた気がして、動きを止める。

なんだろう？　月明かりのおかげで、くっきりとした影が地面に伸《の》びていて……？

「ぁ」

ようやく違和感の正体に気づいた花楓は、咄嗟《とっさ》に右手で口元を覆い、零《こぼ》れそうになった声を防いだ。

黒い影に、見慣れた耳や尻尾が……なかった。つまり、先ほどの影の主は山犬族ではなく純人だ。

この郷にいる純人は、今は花楓だけのはず。では、あれは誰だ？

ドクドクと、心臓が嫌《いや》なふうに鼓動《こどう》を速めている。

胸騒《むなさわ》ぎが治まらなくてジッとしていられなくなった花楓は、気配と足音を殺して寝室を抜け出す。

蒼月を起こさないように、そっと下履《したば》きに足を入れて庭に出た。その途端《とたん》、夜風が吹《ふ》き抜けて小さく肩《かた》を震《ふる》わせる。

薄い寝間着のままだ。上着を羽織って出てくるべきだったと思ったが、取りに戻る時間がもったいない。グズグズしていると、人影を見失う。

「……あっちだ」

通りの、右手に消えた……と庭を抜けて飛び出した瞬間《しゅんかん》、なにかにぶつかった。

体当たりしてしまったものの正体を確かめようと顔を上げた瞬間、肩を掴《つか》まれる。

「……あ！」

「ぁ、あー……あんたか」

相手も、突然《とつぜん》飛び出して来た花楓に驚《おどろ》いたのだろう。月明かりの下で顔を合わせた花楓に、ホッとした様子で表情を緩《ゆる》める。

花楓は、緊張《きんちょう》を解くことなく目の前の男を見据《みす》えた。

「どうして……ここに」

行商人の男の一人だ。こうして夜に遭遇《そうぐう》したのが昨夜なら、さほど不自然だと感じなかったのに……。

「なにか、ありましたか？」

郷《さと》を発つ彼らを日暮れ前に吊《つ》り橋のところで見送ったのだから、順調な道程なら今頃《いまごろ》山を一つ越《こ》えているはずだ。

野生動物に襲《おそ》われて逃げ込んだのか、不慮《ふりょ》の事故でもあったのかと心配になって尋《たず》ねた直後、もう一人の男が合流する。

「おい、なにしてる。とっととずらかる……あっ」

仲間の身体《からだ》の陰になっていて、花楓の姿が見えなかったのだろう。不審《ふしん》そうに話しかけながら近づいてきて、花楓の存在に気づいたと同時に言葉を切った。

その男が、腕《うで》に抱《かか》えているのは……。

「なに、しているんですか。その子をどうする気で？」

灰色の毛並み、耳の先と尻尾の先だけ白い毛が飾《かざ》り……寝ぼけ眼《まなこ》で、不思議そうにきょろきょろと周りを見ている。

「あー……かえれっ」

花楓と目が合い、嬉《うれ》しそうに笑いながら手を伸ばしてきた。

花楓の名前を、きちんと発音できなくて……何度教えても、「かえれ」になる。共に遊んだ愛らしい子供のことは、まだ記憶《きおく》に新しい。

「蘇芳。おいで」

硬《かた》い声で名前を呼びながら花楓が手を差し伸べると、抱《だ》かれている男の腕から身を乗り出してくる。

「あっ、おい……」

「騒《さわ》ぐなっ。大声で泣かれたら厄介だ」

身を乗り出す蘇芳を抱き留めて、ギュッと胸に抱いた。花楓に抱かれた蘇芳は、キャッキャッと機嫌《きげん》よく笑っている。怪我《けが》はなさそうだ。

「よかった」

笑う蘇芳に唇《くちびる》を綻《ほころ》ばせた花楓は、行商人の男二人を睨《にら》みつけた。

深夜に、人目を忍《しの》んで子供を連れ出そうとしている……なんて、どう好意的に考えても正当な理由などあり得ない。

「この子を、どうするつもりだったんですか？　なにが目的で、連れ出そうと……？」

問い詰《つ》めながら、ジリッと半歩足を引く。

蘇芳を抱いているから、さほど速くは走れない。でも、庭に駆《か》け込んで大声を出せば、必ず近衛《このえ》兵か屋敷《やしき》に常駐《じょうちゅう》する誰《だれ》かが駆けつけてくる。

花楓とのあいだに微妙《びみょう》な距離《きょり》を保ったまま、行商人の男が口を開いた。

「混血の進んでいない山犬族は、希少種だ。幼子は、愛玩《あいがん》動物として人気が高い。特に、変わった毛色の子供は高値で売れる」

子供を攫《さら》って、売り物にしようとしている……？

自分たちが悪事を働いていると思わないのか、あまりにも堂々とした言い分にカッと頭に血が上った。

怒《いか》りのあまり絶句している花楓に、気味の悪い笑顔《えがお》を張りつけて言葉を続ける。

「なぁ……いいところで逢《あ》ったと思わないか。あんたも、山犬族が追ってこられない安全なところまで逃がしてやる。分け前もやるから、あと二、三人赤子を連れ出せないか？」

「……じゃ、……い」

怒りのあまり、うまく言葉が出ない。蘇芳を抱く手に、グッと力が入る。

花楓の纏《まと》う空気が異様なことを感じ取ったのか、機嫌よく笑っていた蘇芳は笑みを消して「かえれ？」と不思議そうに名を呼び、小さな手のひらで花楓の頰《ほお》に触《ふ》れてきた。

蘇芳を不安にさせてはいけないと思うのに、どんどん頰が強張《こわば》るのを止められない。

「ああ？　そうだ。頭領の子はいないのか。あの毛色の子は、好事家《こうずか》に特に高く売れるぞ。成金は、伝承など気にしない愚《おろ》か者ばかりだ」

先祖返りした山犬族の頭領は恐《おそ》ろしい……と、花楓に語った口と同じものが、利己の為《ため》に畏《おそ》れを捨てようとしている。愚かなのは、この男たちだ。

とうとう我慢《がまん》の限界に達して、憤《いきどお》りのあまり震える唇を開いた。

「冗談《じょうだん》じゃない。誰が協力などするものか。この子は、絶対に渡《わた》さないからな」

蘇芳を抱いたまま、ジリジリと後退する。叫《さけ》んでやろうと息を吸い込んだと同時に、頭に布を被《かぶ》せられた。

「チッ、騒ぐなよ。面倒《めんどう》だから、このまま連れて行くか」

「頭領の伴侶《はんりょ》だぞ。取り返しに追ってくるんじゃないか？　抱えるにも大きくて、邪魔《じゃま》だ。その子さえいればいいだろう」

花楓を押さえつけて会話を交《か》わす男たちの声を聞きながら、逃《のが》れようと暴れる。

蘇芳だけは、絶対に護《まも》らなければならない。攫われてたまるものかと、小さな身体を抱く手に力を込める。

「この……っ、放せ！　誰か……ッ、ぐ」

「喚《わめ》くなっ」

視界が覆《おお》われているせいで、思うように動けない。頭に被せられていた布が取り払《はら》われると同時に口を覆われて、蘇芳を取り上げられた。

「ん……んんっ、ぅー！」

蘇芳に向かって両手を差し出すと、その手の甲《こう》に鋭《するど》い痛みが走る。

目の前に突《つ》きつけられた、月明かりを弾《はじ》く光は……刃物《はもの》だ。凶器《きょうき》まで用意して、子を攫うためだけに夜の闇《やみ》に乗じて戻ってきたに違《ちが》いない。

彼らにとって一番の計算外は、満月の月明かりが闇を払っていたことか。

まさか、蘇芳の母……菖蒲の姉に危害を加えてこの子を連れ出したのではないかと、胸が不安でいっぱいになる。

動きを止めた花楓が怯《ひる》んだと思ったらしく、チラチラと横目で見ながら男たちが言葉を交わした。

「仕方ない。とりあえず、一人でもいいだろう」

「コイツは、刺《さ》して川にでも投げ落とすか」

花楓の腕を掴み、喉元《のどもと》に刃物を突きつけてくる。身体を捩《よじ》ると刃物が皮膚《ひふ》を裂《さ》いたらしく、ピリッとした痛みが走った。

血の流れる感触《かんしょく》に眉《まゆ》を顰《ひそ》めた直後、冷たい空気が動いた。

視界の端《はし》をなにかが横切り、花楓の目の前にいた男が尻《しり》もちをつく。

「な……っ、にが」

「ぅ……わぁっっ！」

蘇芳を抱いていた男が悲鳴を上げ、花楓は慌《あわ》ててそちらに目を向けた。

地に這《は》い蹲《つくば》った男と、そのすぐ脇《わき》で泣いている蘇芳が視界に入る。慌てて駆け寄り、小さな身体を抱き上げた。

「大丈夫《だいじょうぶ》っ？　どこか、痛いところは？」

「うえっ……ぇえーん」

泣くばかりの蘇芳の身体を、月明かりの下で検分する。見てわかる怪我はなさそうで、ホッと肩《かた》の力を抜《ぬ》いた。

「花楓様っ！」

「……菖蒲、胡桃。蘇芳をお願い！」

駆けつけてきた菖蒲と胡桃に、抱いていた蘇芳を託《たく》す。

これで、蘇芳の無事は確保できた。

だから、あとは……目の前にいる、白い毛に覆われた大きな獣《けもの》に意識を集中させることができる。

「なんだっ。山犬……」

「こんなにでっかい犬が、いるもんか！　狼《おおかみ》だっ」

花楓たちと、行商人の男たちのあいだに立ち塞《ふさ》がった獣は……満月の明かりを浴びて、白く発光しているみたいだった。

白というよりも、銀の輝《かがや》きだ。

長い毛に覆われた身体と、大きな三角形の耳……たっぷりの毛に包まれた尻尾《しっぽ》は、幾度《いくど》となく花楓が触れたものに違いない。

「蒼、月……？」

花楓の呼びかけに振《ふ》り向くこともなく、行商人の男たちに跳《と》びかかる。

明確に目的を定め、唸《うな》り声一つ上げないことが普通《ふつう》の獣ではない証《あか》しのようで、禍々《まがまが》しい美しさから目を逸《そ》らすことができない。

「ギャア！　助けてくれっ」

「ひぃっ……」

腰《こし》が抜けて動くことができないのか、男たちは無様に地面を這って逃《に》げようとして……背中を獣の前脚《まえあし》で押さえつけられて、動きを制された。

刃物を持っていたところで、何の役にも立たない。荘厳《そうごん》な王のような獣に対して、非力な純人という……あまりにも一方的な力関係だ。

挑《いど》もうとすること自体が過《あやま》ちだったと、男たちは今更《いまさら》ながら後悔《こうかい》しているに違いない。

月明かりの下、剝《む》き出しになった巨大《きょだい》な牙《きば》が覗《のぞ》く。あの牙で嚙《か》みつかれれば絶望しか残らず、逃れる気力さえ殺《そ》がれるだろう。

「あ……っ」

見惚《みと》れている場合ではない。ぼんやりしていては、ダメだ！

我《われ》に返った花楓は、慌てて彼らのところへ駆け寄って、咄嗟《とっさ》に行商人と獣のあいだに手を差し入れた。

「ッ！」

腕《うで》に感じたのは、痛みというよりも……火にくべて、赤みを帯びた鉄の棒を突き刺されたかのような、熱だった。

きっと、力いっぱい喰《く》いつかれていたら花楓の腕の骨は砕《くだ》けていただろう。

ただ、押さえつけた男の首筋に牙を立てるはずだった獣は、目的とは異なるものに嚙みついたことを瞬時《しゅんじ》に悟《さと》ったようだ。

驚《おどろ》いたようにパッと口を離《はな》して、顔を引く。口周りに付着している花楓の血を舌で拭《ぬぐ》い、動きを止めた。

「ひっ、に……逃げろっ」

「ぁあああ」

獣の襲撃《しゅうげき》から逃れられたことを知った男たちは、おぼつかない足取りで駆《か》け出そうとした。ところが、数歩行かないうちに足がもつれて転び、すぐさま周りを囲んでいた近衛《このえ》兵に捕《と》らえられている。

大勢の人がもみ合う気配と怒声《どせい》は、耳に届いていたけれど……花楓の目に映り、頭を占《し》めるのは、目の前で立ち竦《すく》む銀の毛に覆われた獣のみだった。

蒼《あお》い瞳《ひとみ》が、ジッと花楓を見詰《みつ》めている。

「蒼月。あんなヤツを咬《か》んじゃダメだ。牙にかける価値もない」

この、美しい獣に喰い殺されるほどの価値もない下衆《げす》だ。

花楓の声が、大きな三角形の耳に届いているのかどうかはわからない。聞こえていても、その意味を理解しているのかどうかも不明だ。

先祖返りして狼に変化《へんげ》すると、人の理性を失い、凶暴《きょうぼう》な獣そのものとなって純人も混合種も無差別に喰い殺す。

純人の心の臓を喰うまで、理性を取り戻《もど》せない。

行商人の男が語った言葉が事実なら、今の蒼月に『花楓』は理解できていないのかもしれない。

ただ、美しい獣は真っ直《す》ぐにこちらを見ている。花楓の腕に噛みつき、すぐさま牙を抜いたことも確かだ。

無差別に襲《おそ》いかかり、喰い殺そうとするような狂気《きょうき》は感じられない。

「花楓様。お手が……血がっ。すぐに手当てを」

泣きそうな声で菖蒲が呼びかけてきたけれど、目の前の獣から目を逸らさないまま片手で制する。

「しっ、平気だから……近づかないで」

今の花楓にとって、最も重要なものは自分ではない。周りの山犬族が固唾《かたず》を呑《の》んで見守っている、銀の毛の獣だ。

満月の光を全身に浴びた獣は、荘厳で凜々《りり》しく、今にも泣きそうな哀《かな》しい眼《め》で花楓を見ていた。

一人も動こうとしない。誰《だれ》もが、一言も発することなく獣に注目している。

時が止まったかのように、静かで……空気が張り詰《つ》めている。

「あ……」

不意に強い風が吹《ふ》き、ザザザッと木の葉の触《ふ》れ合う音が響《ひび》いた。それが合図になったかのように、獣が身体《からだ》の向きを変えて走り出す。

「どこに……っ！」

思わず伸《の》ばした腕を、脇から四本の手に摑《つか》まれた。

ハッとして顔を向けると、涙《なみだ》ぐんだ菖蒲と胡桃が花楓の手を握《にぎ》っている。

「お願いです。手当てをさせてください」

「せめて、こちらの傷の止血だけでも……」

牙が食い込んだ肘《ひじ》の下あたりに、グルグルと布を巻きつけられる。

半べそで手当てをしてくれる菖蒲と胡桃には悪いが、花楓は全然痛いと感じないので、放《ほう》っておいてくれて構わないのだが……。

「あっ、菖蒲。蘇芳は大丈夫？　お姉さんも……」

目視では怪我《けが》はなさそうだとは思ったが、本当に大丈夫なのだろうか。蘇芳の母も、危害を加えられていなかったのかと尋《たず》ねる。

菖蒲は、涙の溜《た》まった目で花楓を見詰め返して答えた。

「花楓様のおかげで、蘇芳と姉は、なんともありません。姉は、侵入《しんにゅう》してきた賊《ぞく》になにか薬を嗅《か》がされて、意識が朦朧《もうろう》となった隙《すき》に蘇芳を連れ出されたようですが……あちらに」

菖蒲が視線で指した先には、蘇芳を抱《だ》いて立つ女性の姿がある。

あの女性が、菖蒲の姉……蘇芳の母だろう。花楓が見ていることに気づいたのか、蘇芳を抱いたまま深く頭を下げる。

「よかった」

ホッとしてつぶやくと、花楓の手を握る菖蒲の指にギュッと力が込められた。

目の前の黒い耳が、小刻みに震《ふる》えている。

「……っでも、花楓様が危険な目に……よくありません」

「なに言ってんの、無事でよかっただろ。おれよりも、蒼月が……」

蒼月の名前を口にすると、腕の咬み傷よりも胸の奥が鈍《にぶ》く痛む。

蒼月は、どうなったのだろう。どこに行ってしまったのだろう。

人としての理性を無くし、純粋《じゅんすい》な獣となり……山をさ迷う？　と考えただけで、背筋がゾッとする。

「捜《さが》しに行かなきゃ」

立ち上がろうとした花楓の前に、黒い影《かげ》が落ちた。ゆっくり顔を上げると、漆黒《しっこく》の尻尾が視界に入る。

「黒炎……」

近衛兵に付き添《そ》われた黒炎は、唇《くちびる》を噛んで花楓を見下ろしている。傷を負っている花楓よりも、彼のほうが痛そうな顔だ。

口を開きかけ……ギュッと引き結び、言葉を発することを躊躇《ためら》うように無言で立っていたけれど、大きく息をついて口を開いた。

「花楓。兄上のことを……あなたにお願いしなければならない」

苦渋《くじゅう》の表情でそう言い出した黒炎に、花楓は小さくうなずく。勢いよく立ち上がろうとして足元がよろけ、ままならない悔《くや》しさに唇を噛む。

「花楓様っ！」

「花楓様、ご無理なさらないで」

「大丈夫《だいじょうぶ》。いきなり立とうとしたせい。それだけだから」

今度は菖蒲と胡桃に支えられて立ち上がると、黒炎と向き合った。

蒼月は、青灰色《あおはいいろ》の毛に蒼い瞳。

黒炎は、耳も尻尾《しっぽ》も瞳も漆黒。

異母兄弟ということもあって、あまり共通点のない兄弟だと思っていたが、こうして正面から顔を見ると意志の強そうな目元と口元が似ている。

「黒炎。そんなに苦しそうな顔をしなくても、大丈夫。蒼月に嫁入《よめい》りした理由は、わかってる。役目も……きちんと、弁《わきま》えているから」

花楓が覚悟《かくご》を口にすると、黒炎は怪訝《けげん》そうな顔で「どういうことです？」と首を傾《かし》げた。

「兄上は、なにかお伝えしましたか？」

「ううん。蒼月はなにも言ってくれない。行商人から、山犬族の頭領……先祖返りした山犬族のことを聞いたんだ。純人の伴侶《はんりょ》に、どんな意味があるのかも……わかってる」

花楓がそう言うと、黒炎は大きくため息をついて右手で自分の髪《かみ》を掻《か》き乱した。

真っ黒な耳が、ぴくぴくと震えている。

「純人のあいだで、我《われ》ら山犬族がどんなふうに語られているか……知らないわけではありません。きっと、花楓の耳に入れられていることと我々の伝えたい事実のあいだには、相当な齟齬《そご》があります」

「齟齬？　でも、実際に蒼月は完全な獣《けもの》の姿になって」

花楓の前から、姿を消した。

瞳に映る花楓の姿を、どこまで認識《にんしき》できていたのかわからないまま、いなくなってしまった。

背を向けて、長い尾《お》をなびかせ走り去っていく美しい獣の姿を思い出すと、胸の奥がギリギリと締《し》めつけられているかのように苦しくなる。

距離《きょり》を詰めてきた黒炎は、花楓の右腕《みぎうで》に巻かれている布をそっと撫《な》でて嘆息《たんそく》した。

「きちんと話していなかった理由は、俺には推測するしかありませんが……どんな場面でも理性を保つ自信があったのだとしたら、兄上の傲《おご》りです。あなたを傷つけられて、冷静でいられるわけがないのに……」

「どういう、こと？　おれの知らない事実があるのなら、きちんと話してほしい」

蒼月に教えてもらえなかったことは、いくつもある。

本当は、蒼月自身の口から聞かせてほしかったけれど、今はそんな我儘《わがまま》を言っている場合ではない。

花楓の懇願《こんがん》に、黒炎は大きくうなずいて屋敷《やしき》に入るよう促《うなが》す。

「ここでは差し障《さわ》りがありますから、あちらで……落ち着いて、お話ししましょう。その上で、兄上を迎《むか》えに行くか……これまで通り、兄上の伴侶の座に留《とど》まっていただけるのか、決めてください。我々も、花楓の決定に従います」

両隣《りょうどなり》に立つ菖蒲と胡桃を、交互《こうご》に見遣《みや》る。

花楓を真っ直ぐに見ている二人は、黒炎の言葉に苦しそうな顔で唇を噛《か》んでいる。

個人的に花楓に言いたいことがあっても、立場的に口を挟《はさ》めないのだろう。

「なにを聞いても、答えは決まってる。山犬族の皆《みんな》が……蒼月が、受け入れてくれるのなら、これまでと同じくここにいさせて欲しい」

話を聞く前に結論は出ていると語った花楓に、黒炎は一瞬《いっしゅん》目を瞠《みは》って苦笑《くしょう》する。

「あなたは、たおやかで、か弱そうでいて……強い。初めてお逢《あ》いした時にも感じましたが、直接言葉を交《か》わせば見た目の印象とまるで違《ちが》っていて驚《おどろ》きます。そうでなければ、単身で賊に立ち向かったり兄上の牙《きば》の前に自身の腕を差し出したりはできないか」

クスクスと笑いながら、花楓の先に立って歩く。

両隣からは、「ですわよねぇ」とか「わたくしたちはとうに存じていますわ」という菖蒲と胡桃のつぶやきが聞こえて、自分の手のひらを見下ろした。

強いと言われるような姿を、見せた記《き》憶《おく》はないのだが。

首を捻《ひね》って、小さく息をつく。満月を見上げた花楓は、ここにいない蒼月の姿を月に描《えが》いて奥歯を噛んだ。

どこに行ったのか知らないが、必ず見つけ出して……元の姿に戻《もど》そうと決意する。

それが自分の存在意義であり、花楓自身の望みでもあるのだ。

《九》

夜が明けるのを待ちかねて、山犬族の郷《さと》を出た。

白んだ空の下、ゆらゆら揺《ゆ》れる長い吊《つ》り橋を慎重《しんちょう》に渡《わた》り、山道を歩く。

村から、山犬族の青年に……蒼月に背負われてこの道を歩いた時とは、逆の道程だ。

漠然《ばくぜん》とした、『怖《こわ》い』という印象しかなかった山犬族に嫁入りを決意してこの道を辿《たど》った日は、不安でいっぱいだった。

一人で歩く今も、不安がないわけではない。

でも、あの時とは違って花楓には明確な目的がある。使命感に似た思いのほうが強いせいで、足の運びは軽い。

「もう少し……村よりも、山犬族の郷からのほうが近いんだな」

秋の収穫《しゅうかく》祭の後、花楓の生まれ育った村と山犬族の郷とのあいだでは物々交換《ぶつぶつこうかん》の神事が行われる。

花楓は、正式に参加しないまま山犬族の郷に嫁《とつ》いだ。でも、幼い頃《ころ》に大人たちにコッソリとついていこうとしたことがある。

途中《とちゅう》で迷子になり、祭事場の覗《のぞ》き見という当初の目的は果たせなかったのだが……。

「はぁ……、は……っ、まだかな」

息が上がる。額に滲《にじ》んだ汗《あせ》が頬《ほお》まで伝い落ちて、手の甲《こう》で拭《ぬぐ》った。

黒炎に教えられた目印に従い、いくつか分岐《ぶんき》点を過ぎ……間違えていたらどうしようという不安がこみ上げてきた頃になって、不意に目の前が拓《ひら》けた。

「ここ……だ」

祭事場の少し手前にある。広場だ。

この周辺では様々な木の実や果実、山菜に茸《きのこ》まで収穫できるということで、山犬族が狩《か》りの際に野営する場所になっていると聞いた。

「蒼月……は？」

蒼月がいるのなら、きっとここだとなんの根拠《こんきょ》もなく思っていた。でも、銀色の毛に覆《おお》われた獣の姿はない。

落胆《らくたん》した花楓は、少し休憩《きゅうけい》しようと広場の隅《すみ》に腰《こし》を下ろす。

「……疲《つか》れた」

肩《かた》に結びつけていた風呂敷《ふろしき》を下ろすと、落ち葉を敷《し》き布団《ぶとん》代わりにして、仰向《あおむ》けに転がった。

目を閉じれば、かさかさと葉がこすれる音が聞こえる。風が心地《ここち》いい。

ほとんど眠《ねむ》っていないせいで、眠気が……とあくびをしたところで、自然界のものにしては異質な音が耳に入った。

　ガサガサ……落ち葉を踏《ふ》み、低木の枝を折りながら近づいてくる音だ。

「蒼月っ！」

　がばっと勢いよく上体を起こして、音が聞こえたほうに目を凝《こ》らす。祈《いの》るような心情で待っているのに、銀色の獣は姿を現さない。

「そこにいるってわかるよ。なのになんで、出てきてくれないんだよ？　おれ……蒼月を迎えに来たんだ。一緒《いっしょ》に郷に帰ろう」

　姿の見えない蒼月に向かって、懸命《けんめい》に話しかける。

　間違いなく、すぐ傍《そば》にいる。そう確信できるのに……蒼月は出てきてくれない。

「……おれ、蒼月の為《ため》に心の臓を捧《ささ》げに来たんだ。蒼月が喰《く》いついてくれないのなら、自分で刃《やいば》を突《つ》き立てる」

　風呂敷を開いて、刃の部分に布を巻きつけてある短刀を取り出した。ゆっくりと布を解き、着物の襟《えり》を摑《つか》んで左右に開く。

「新鮮《しんせん》ならうちに食べてね」

　目を閉じて、深く息を吸い込み……剝《む》き出しになった素肌《すはだ》に刃物《はもの》を突き立てようとした瞬間、ザザッと空気が動いた。

　両手で握《にぎ》っていた刃物がどこかに弾《はじ》き飛ばされて、ゆっくりと瞼《まぶた》を開く。

「……やっと出てきてくれた。蒼月」

目の前に立つ獣に両手を伸《の》ばして、その首にギュッと抱《だ》き着いた。

頬をくすぐる毛の感触《かんしょく》と、抱きついた身体《からだ》から伝わってくるぬくもりにホッとする。

「蒼月。おれは、大丈夫《だいじょうぶ》だよ。腕《うで》の傷は痛くないし……蒼月は悪くない。おれの言葉がわからないふりをしていたけど、わかってるんだよね？　黒炎に聞いた」

黒炎から聞いたのだと言えば、蒼月はふいっと顔を背《そむ》けた。それこそが、花楓の言葉を理解している証拠《しょうこ》だ。

「おれの血を舐《な》めたところで、理性は取り戻しているんだよね。本当は、普段《ふだん》の姿に戻ることもできるはず……って」

純人である花楓の血を舐めたことで、失いかけた理性を取り戻しているはずだと聞いた。それは純人であれば誰《だれ》でもいいのではなく、蒼月が心から思いを寄せる伴侶《はんりょ》であることが重要なのだと。

心の臓を捧げるというのは誇張《こちょう》された噂《うわさ》であり、血の一滴《いってき》でも蒼月の理性を呼び戻すことは可能だったらしい。

「蒼月、話をしたい」

お願いだから……と、蒼月の頭を抱き寄せて黒々とした鼻先に口づける。もう一度、と唇《くちびる》を寄せた直後、ぺろりと鼻先を舐められる。

「くすぐった……」

クスリと笑って目を開けると、そこにいるのは銀の毛に覆われた獣《けもの》ではなかった。

三角形の耳と、尻尾《しっぽ》は先ほどまでと同じだが……花楓を見詰《みつ》める蒼《あお》い瞳《ひとみ》は、獣のものではない。

「……芝居《しばい》か」

少し離《はな》れたところに落ちている刃物を横目で見ながら、低い声でつぶやく。苦い顔の蒼月に、首を竦《すく》めた。

「ごめん。黒炎が、ああしたら蒼月は姿を現すだろう……って」

「黒炎の入れ知恵《ぢえ》か。……チッ」

苦々しそうに舌打ちをした蒼月に、花楓は風呂敷を指差した。獣の状態で姿を消した蒼月のため、着物を持ってきたのだ。

「用意のいいことだ」

花楓から逃《に》げ隠《かく》れすることは諦《あきら》めたらしく、蒼月は上着と洋袴を身に着けて花楓の隣《となり》に腰を下ろした。

シン……と沈黙《ちんもく》が広がる。

出てきてくれと懇願《こんがん》したのは花楓なのに、いざとなればなにから話せばいいのかわからない。

「……痛むか」

右手を取られて、肘《ひじ》から手首にかけて巻きつけられている白い布を指先で撫《な》でられる。

蒼い瞳が潤《うる》み、今にも泣きそうな顔をしているから、花楓は勢いよく首を左右に振《ふ》った。

「全然っ。針で指を差した時のほうが痛かった！」

「ふ……嘘《うそ》つきめ」

かすかな笑《え》みを滲ませた蒼月は、花楓の腕に唇を押しつける。大きな耳が小刻みに震《ふる》えていて、そっとその耳を撫でた。

「おれは、本当に蒼月に喰われてもよかったんだ。蒼月を取り戻《もど》すのに実際に心の臓が必要なら、捧げるつもりだった。蒼月は、山犬族に必要な存在で……おれは、そのために嫁入《よめい》りしたんだと思ってたから」

上手《うま》く伝わるかどうかわからないけれど、精いっぱいの思いを込めてぽつぽつと口にする。そうして語る花楓の言葉を、蒼月は小さく耳を震わせながら聞いていた。

楓が言い終えると同時に、顔を上げて鋭《するど》い目で睨《にら》みつけてきた。

「おまえを犠牲《ぎせい》として、俺が喜ぶと思うのか。我《われ》を忘れて、この牙《きば》で花楓を傷つけて……それだけでも、俺は自分を許せない」

苦しそうに言葉を終えると、両腕で花楓を抱き寄せる。

蒼月の腕の中は、これまでと変わらずあたたかくて……胸元《むなもと》からトクトク聞こえてくる鼓動《こどう》に、なによりも安堵《あんど》する。

「だって、蒼月に嫁入りするのがどうして『純人』のおれだったのか、ずっとわからなかった。選ばれる理由なんてないんだから、心の臓が必要となった時の為……って言われたら、納得《なっとく》できる」

それなら、蒼月が性別など問題ないと言い切ったことも、山犬族の皆《みな》が歓迎《かんげい》してくれたことにも説明がつく。

本当の意味の『花嫁』ではなく、獣化《じゅうか》する可能性のある頭領を取り戻すのに必要となる、『贄《にえ》』なのだとしたら……。

「俺は、最初から『花楓』だから選んだと言ったはずだ。確かに、先祖返りした俺の血は厄介《やっかい》だ。同族はもとより、純人とのあいだであっても自身の子を成すつもりはないから、花楓が俺と同じ性であっても問題ない……むしろ、そのことが幸いだとは思ったが」

そこで言葉を切り、花楓と視線を絡《から》ませる。

蒼い瞳が真っ直《す》ぐに花楓を見据《みす》えて、

「花楓だからだ」

と、繰《く》り返した。

真摯《しんし》な瞳は、一途《いちず》な思いを伝えてくる。嘘だろう……などと、疑うことはできないが、どうして自分なのだという疑問は晴れない。

花楓の疑念は、顔に出ていたのだろう。蒼月は、クスリと笑って花楓の頭に落ちた赤い葉を指先に挟《はさ》む。

「ここで、こうして語っているのに……まだ思い出さないか。おまえの記《き》憶《おく》の引き出しは、随《ずい》分《ぶん》と重いんだな」

「ここで……？」

村の近くではなく、これほど深いところまで山に分け入ることはない。あるとすれば、山犬族の郷《さと》に用があって出向く時か、秋の祭事の際に……。

「あ……れ？」

記憶の片隅《かたすみ》を、なにかが過《よぎ》った。

自分の頭を軽く叩《たた》いた花楓は、目をしばたたかせて周囲を見回す。

祭事の時季より秋が深く、葉を落としている樹《き》も多い。

でも、山の中に出現した広場と……ひらひら舞《ま》い落ちる紅葉《もみじ》の葉は、夢の出来事だったかのような遠い日の記憶と同じで……？

「この紅葉が紅《あか》く染まれば、花楓を誘《さそ》ってここに来るつもりだったんだ。だが今年の秋に限って、この紅葉だけ色づきが遅《おそ》かった」

「おれと、ここに来て……？」

どうするつもりだったのかと、蒼月を見上げる。

花楓と視線を絡ませた蒼月は、微笑《びしょう》を浮《う》かべて花楓の唇をつついた。

「花楓が忘れているようだから、もう一度、正式に申し込むつもりだったに決まっているだろう」

青灰色《あおはいいろ》の、大きな耳。蒼い瞳。耳と同じ色の、ふさふさした尻尾。

不思議なほど綺麗《きれい》な少年の言葉が、ふと耳の奥によみがえる。

「……大人になったら純人を花嫁にするんだ。花楓を選んでいい？」

蒼月の口から、思い浮かんだものと同じ台詞《せりふ》が語られる。

今、花楓の目の前にいるのは、大人の蒼月で……でも、あの日の少年と重なって見える。

「返事は？」

「……うん。いいよ」

あの日、子供だった花楓は、わけもわからずにうなずいた。

理由は、そうすればこの綺麗な存在とずっと一緒《いっしょ》にいられるからという単純なものだったけれど、その時点で花楓も蒼月に心を奪《うば》われていたとしか思えない。

花楓の返事に、蒼月は嬉《うれ》しそうな笑みを見せる。

「もう、大人になっただろう？　俺の伴侶として、生涯添《しょうがいそ》い遂《と》げてくれるか？」

手を取り、指先に口づけられる。蒼月の瞳には少し不安そうな色が浮かんでいたが、花楓の返事は決まっている。

「はい。……蒼月が、おれでいいのなら」

うなずいて、蒼月の手を握《にぎ》り返した。

蒼月は、真っ直ぐに目を合わせた花楓にホッとした様子で肩《かた》を上下させる。

「花楓がいい。こんなふうに……傷つけたことを、俺は一生許さない。その分、精いっぱい愛して大事にする」

花楓の腕《うで》に巻きつけられた布をそろりと撫で、耳を伏《ふ》せて苦しそうな顔でそう口にする。

しゅんとする蒼月は、花楓自身より痛みを感じているみたいで、「大丈夫《だいじょうぶ》だから」と頭を抱《だ》き寄せた。

「おれは、牙の食い込んだ痕《あと》が残ってもいいと思っている。だって、蒼月がおれの血で理性を取り戻した……心からの愛の証拠《しょうこ》みたいなものだ」

「馬鹿《ばか》なことを言わないでくれ。傷痕は、どんな薬草を使ってでも綺麗に治す」

痕を残したりするものかと言い張る蒼月は、頑是《がんぜ》ない子供のようで、ひっそりと笑みを浮かべた。

「郷に帰ろう。皆、蒼月を心配している」

「……花楓に咬《か》みついたことに落ち込み、ふらりと出奔《しゅっぽん》したなど……威厳《いげん》が形無しだ」

苦笑《くしょう》した花楓は、衝動《しょうどう》的な行動を悔《く》やんでいるらしい蒼月に向かって、「心配無用だ」と言い切って耳を撫でた。

「えらく自信があるんだな」

「だって、先祖返りした……完全な狼《おおかみ》の姿になった蒼月は、メチャクチャに綺麗だったから。黒炎も、ご先祖はあれほど神々《こうごう》しい姿だったのですね……って、うっとりしてた」

蒼月が山に姿を消した後、花楓と話しながら、完全な獣《けもの》になった兄の姿を思い浮かべて目を輝《かがや》かせていた黒炎を思い出す。

蒼月は、疑わしそうに目を細めた。

「恐《おそ》れて、厭《いと》うのではなく？」

「じゃなくて！　おれも、子供の頃《ころ》に綺麗だって言っただろ。蒼月は昔も今も綺麗だし、獣になっても綺麗だった」

花楓が蒼月の耳や尻尾《しっぽ》を気に入っていることは、疑わないはずだ。

山犬族の郷に来てからずっと、触《ふ》れたがったり「綺麗だね」と臆面《おくめん》もなく称賛《しょうさん》したり……繰り返し伝えていたのだから。

「花楓が気に入っているのなら、それでいい」

嬉しそうに笑んで、唇《くちびる》を触れ合わせてくる。

側室を持たないと山犬族の皆の前で誓《ちか》ったらしい蒼月の伴侶《はんりょ》は、花楓だけだ。

この綺麗な存在を独《ひと》り占《じ》めすることができるなんて、贅沢《ぜいたく》なことだな……と瞼《まぶた》を伏せて口づけを受け止める。

口づけを解いた蒼月が、

「あ、そうだ」

小さくつぶやいて、不思議な笑《え》みを滲《にじ》ませた。

楽しそう……いや、少し違《ちが》う。悪巧《わるだく》みが成功した、子供のような含《ふく》み笑いだ。

「蒼月？」

「山の中で、行商人の野営を見つけたんだ。荷の番をしていた男たちを、たっぷりしっかり脅《おど》しておいた。二度と、この山に近づく気にならないように……な。ロバには、申し訳ないことをしたが」

どう、しっかりたっぷり脅したのか……獣姿の蒼月を思い出すと、なんとなく想像がつく。行商人たちは、さぞ恐ろしい思いをしただろう。

「郷で捕《と》らえた男たちは、どうする？」

頭領である蒼月の判断を仰《あお》ごうと、昨夜から蔵《くら》に閉じ込めてある。今は、近衛《このえ》兵が見張っているはずだ。

「そうだな……彼らも、もう我が郷に近づく気にはならないだろう。着の身着のままで、山の洞窟《どうくつ》に追い込んだ男たちと合流させてやるか」

狼となった蒼月に追われた男たちは、命からがら洞窟に逃《に》げ込んだらしい。そこに合流させてやるというのは、親切なのか……否《いな》か。

「花楓に傷をつけたんだ。これでも、温情溢《あふ》れる裁決だろう」

首筋と……手の甲《こう》。

男たちに刃物《はもの》を突《つ》きつけられた際の切り傷を、指の腹で辿《たど》られる。花楓は、すっかり忘れていた小さな傷だ。

「郷に戻《もど》って、皆《みな》に謝罪だ。頭領が、無責任にも出奔するなど……あってはならない」

「おれも、一緒に謝るよ。道中で、木の実とか果実をお土産《みやげ》に採りながら帰ろう」

蒼月の手を取り、肩を並べる。

背に負われるのではなく、こうして共に郷へ続く山道を歩けることが嬉しい。

この先も、ずっとこうして蒼月と歩けますように……と祈《いの》りながら、秋の深まる山道を歩いた。

□　□　□

「頭領！」

「花楓様！」

蒼月と花楓が吊《つ》り橋を渡《わた》り切ると、待ち構えていたらしい民《たみ》たちに周りを囲まれた。

蒼月は、真摯《しんし》な態度で頭を下げる。

「賊《ぞく》の侵入《しんにゅう》を許した挙句、奴《やつ》らを捕らえもせず……自分勝手に出奔して申し訳ない」

蒼月の謝罪に、周りの山犬族は慌《あわ》てた様子で首を横に振《ふ》った。蒼月より低い位置に頭を……と思ってか、地面に座り込む。

「とんでもございません。頭領が脅したおかげで、容易《たやす》く捕《つか》まりました」

「すっかり怯《おび》えて、我《われ》らの耳や尻尾にまでビクビクする始末。もう、我が郷《さと》の子供を連れ出そうなどと思わないでしょう」

「どうか、お気に病《や》まれませんように。頭領のおかげで、我が郷は護《まも》られたんです」

説得に納得《なっとく》してか、蒼月がようやく頭を上げると、彼らはホッとした様子で地面についていた膝《ひざ》を浮《う》かせた。

下がった近衛兵たちに代わり、女官が蒼月と花楓を取り囲む。

「お二人とも、お疲《つか》れではないですか？　お食事の用意をいたしましょう」

「湯浴《ゆあ》みが先でしょうか。湯殿《ゆどの》は、すぐに使えるように準備してありますが」

花楓が答えられずにいると、蒼月の手に肩を抱かれる。

なにかと思えば……。

「しばし、二人きりにしてくれるか。湯殿を使って……寝所《しんじょ》に籠《こ》もる」

蒼月の口から、そんなとんでもない宣言が飛び出して、ギョッとした。

焦《あせ》った花楓は、肩を抱く蒼月の手から抜《ぬ》け出そうと足を踏《ふ》み出す。その途端《とたん》、菖蒲と胡桃に立ち塞《ふさ》がれた。

「花楓様。本当にようございました。お一人で蒼月様をお迎《むか》えに行くと出て行かれてから、心配で心配で……」

「寝所の用意も、整えてあります。軽食だけ用意いたしますので、お二人でゆっくりなさってください」

本人が不在のあいだに、準備万端《ばんたん》整えられている……という状況《じょうきょう》に、花楓は言葉を失って立ち竦《すく》む。

蒼月に抱かれた肩《かた》など気にならないくらい、恥《は》ずかしさが限界を突き抜けてしまった。

「さすが、菖蒲に胡桃。気が利《き》くな」

「恐縮《きょうしゅく》です。では……どうぞ」

菖蒲と胡桃に促《うなが》されて、割れた人垣《ひとがき》のあいだを通り抜ける。あまりのことに、顔を上げられない。

寝所に籠もるというとんでもない宣言をした蒼月は、堂々と足を運んでいる。花楓は顔から火を噴《ふ》きそうなのに、蒼月には恥《はじ》という概念《がいねん》がないのではないだろうか。

「では、何か御用《ごよう》がございましたらお呼びください」

「軽食は戸の外に置いておきますので、お好きな時にどうぞ」

屋敷《やしき》の離《はな》れ、寝所のすぐ外まで見送られて、顔を伏《ふ》せたまま「ありがと」と小さくお礼を口にした。菖蒲と胡桃は、「ごゆっくり」と言い置いて外から扉《とびら》を閉める。

途端に、静寂《せいじゃく》に包まれた。

普段《ふだん》と変わらない寝所の、見慣れた寝具だ。

ここで蒼月と一緒《いっしょ》にいることも、もう馴染《なじ》んだはずなのに……まるで、初めて足を踏み入れたかのように心臓がドキドキしている。

さっきまで、山犬族の皆に周りを囲まれて恥ずかしいと思っていたのに、蒼月と二人きりになったらもっと恥ずかしいなんて……どういうことだろう。

「花楓」

「……っ、は、いっ」

背後から腕《うで》の中に抱《だ》き寄せられて、ビクリと過剰《かじょう》に身体《からだ》を震《ふる》わせてしまった。声も、みっともなく裏返った気がする。

蒼月の腕の中は心地《ここち》いいのに……心臓がうるさい。

「急《せ》いて申し訳ないが、湯殿は後にしていいか」

「でも、おれ……土だらけで、髪《かみ》も埃《ほこり》っぽいし……」

「お互《たが》い様だ。……待てない」

抱き寄せられた腕に、ギュッと力を込められる。

心臓が苦しい。足が震える。でも……この腕を離されたくない。もっと、もっと抱き締《し》めてほしいと花楓も望んでいる。

「花楓。逃げないのなら、このまま寝具に押し倒《たお》すぞ」

花楓の耳のすぐ傍《そば》で、蒼月の声が脅すように告げてくる。

耳に触《ふ》れた吐《と》息《いき》が熱くて……耳朶《みみたぶ》に軽く歯を立てられると、膝の力が抜けた。くずおれそうになった身体を蒼月に抱き留められ、完全に身を預ける形になる。

「いいんだな」

「……逃げないのが、答えでいいなら」

蒼月の腕に手をかけて、小さく口にする。

花楓も蒼月を求めているのだと、本当はきちんと伝えるべきだとわかっている。でも、蒼月は花楓の逃げを許してくれて……。

「うわっ」

もう言葉は不要とばかりに抱き上げられ、そっと寝具に身体を下ろされた。背中を預けられることに安堵《あんど》の息をついた花楓は、両手を伸《の》ばして蒼月の頭を抱き寄せる。

髪を指で梳《す》き、耳を撫《な》でて背中を抱いた。

心配しなくてもいい。

蒼月に咬《か》まれた腕は、こうして背中を抱くことができるから……と、きちんと伝わっただろうか。

「花楓……花楓」

熱っぽく名前を呼ばれて、背中を抱く手に力を込める。

蒼月、と返したつもりの花楓の声は、口づけに吸い取られて言葉にならなかった。

《十》

まだ、太陽が空の天辺《てっぺん》を越《こ》えようかどうかという真っ昼間だ。

ランプを灯《とも》す必要などなく、窓の薄紙越《うすがみご》しに陽《ひ》の光が差し込む。着ているものを剝《は》ぎ取られると、身を隠《かく》す術《すべ》がない。

蒼月に素肌《すはだ》を触れられるのは初めてではないのに、ジッと見詰《みつ》められている視線を感じて落ち着かない。

「あの、蒼月」

「なんだ？」

一糸纏《まと》わぬ姿になった花楓は、落ち着かない気分で顔を背《そむ》けて蒼月の名前を呼ぶ。

蒼月は肩に置いた花楓の手を取り、指先に軽く歯を立てて舌を這《は》わせた。

「ッ……あんまり、見ないでほしいな……と」

蒼月に触れられるたびに、肌がざわざわする。

口づけられている指先だけでなく、身体のあちこちに熱の種火が灯り、煽《あお》られるのを待っているみたいだ。

吐息も熱っぽくて、軽く触れられただけでこんなふうになるのなら、この先はどうなってしまうのだろうと少し怖《こわ》くなる。

「見てはならない理由は？　なにか不都合があるか」

「……明るい」

不都合と言うほどのことではないけれど、夜にランプの灯りに肌を照らされるのとは違《ちが》う。

短く答えると、蒼月が「ふっ」と笑った気配がした。

「隅々《すみずみ》までよく見えて、いいことだろう」

花楓にとっての難は、蒼月にとっては都合がいいことのようだ。握《にぎ》られていた手が離されて、スッと首筋を撫で下ろされる。

いつになく蒼月の手のぬくもりを感じて、花楓はビクッと肩を震わせた。

蒼月の手の存在感が、いつもより色濃《いろこ》い。過剰に反応してしまう。

「っ、だから、は……ずかしい、んだ。おれなんか見ても、楽しくないだろっ」

顔を背けていても、蒼月の視線を感じる。顔がどんどん熱くなり、きっと誤魔化《ごまか》しようもなく頬《ほお》が紅潮している。

直接触れられてはいない。でも、蒼月に見られると視線に撫でられているみたいで、肌がビリビリする。

「楽しくないなどと、決めつけるな。花楓は美しい。見ているだけで高揚《こうよう》するが……俺は欲深いから、それでは物足りない」

「ぁ……ッ！」

胸の真ん中に手のひらを押し当てられ、ビクッと背中を浮《う》かせた。過剰反応だと思うのに、蒼月の手のひらが熱くて無視できない。

その手がほんの少し肌の上を移動するだけで、小刻みに身体を震わせてしまう。

「嫌《いや》がられている気がしないな。なので、勝手に触れさせてもらう」

「あ、っ……ゃ、じゃな……けど、っん」

蒼月に、触れられることが嫌なのではない。見られることも、嫌というわけではなく……居たたまれないだけだ。

花楓が心情をうまく伝えられないのをいいことに、蒼月は「勝手に触れる」という宣言通りに両手で花楓の全身に触れる。

「どこに触れると、花楓が甘い吐息を零《こぼ》すのか……よくわかっていいな。肌が、桃色《ももいろ》に染まるのも見える」

「ん、ん……ッあ、ゃ……待っ、て」

「待たない。もう、花楓のすべてを貰《もら》い受けると決めたからな」

「すべて……を？」

蒼月の声が、いつになく熱を帯びている。手のひらの熱さも、これまで花楓が知っている体温ではなく、戸惑《とまど》っていたけれど……。

薄く目を開いた花楓は、恐《おそ》る恐る蒼月を見上げた。

花楓を見下ろす蒼月の蒼《あお》い瞳《ひとみ》の色が潤《うる》み、濃くなっているように見える。花楓の反応を見逃《みのが》すまいとしてか、射貫《いぬ》くように鋭《するど》い。

ふと、かつて蒼月が寂《さみ》し気に零した言葉が頭に浮かぶ。

『花楓が俺と同じ想《おも》いを抱《いだ》き……俺のことを本当に受け入れてくれたら、すべてを貰い受けよう』

それは、『いつか』の未来の話だった。花楓が待ちわびていたその『いつか』が、ようやく訪《おとず》れたのだろうか。

もう……花楓も、蒼月を望んでもいいということか？

「おれが、触《さわ》ってもいい……？」

「……ああ」

うなずいたのを確認《かくにん》して、手を伸ばした。手の甲《こう》、腕……肩《かた》、と少しずつ触れる場所を移し、銀色の髪を指に絡《から》ませる。

毛に覆《おお》われた耳に触れると、くすぐったそうに目を細めてピクッと震わせた。

「おれの全部、蒼月のだよ。喰《く》われてもいいって、本当に思ったんだ」

純獣姿の蒼月を前にした時でさえ、逃《に》げ出そうなどと考えなかった。鋭い牙《きば》の前に腕《うで》を差し出すのにも躊躇《ためら》いがなかったのは、巨大《きょだい》な獣《けもの》が蒼月だとわかっていたからだ。

肌に牙が食い込む痛みは、全然感じなかったわけではないが……きっと、花楓より蒼月の心のほうが痛かった。

噛《か》みついた瞬間《しゅんかん》のことを思い出したのか、花楓の腕に巻きつけられている布を撫でた蒼月が苦しそうに口を開く。

「本気で喰いたいくらい、花楓が愛《いと》しい。でも、衝動《しょうどう》に負けて喰ってしまうと二度と触れられないからな。別の方法でいただくことにしよう」

「ン……、あ！」

膝《ひざ》を摑《つか》んで左右に割られると、蒼月が顔を伏《ふ》せる。

本当に喰いつかれたのかと思った。

熱が集まりかけていた屹立《きつりつ》に熱い舌が絡みつき、寝具《しんぐ》の上で勝手に足が跳《は》ね上がる。無意識に逃げかかる腰《こし》を強い力で摑まれて、蒼月の舌に翻弄《ほんろう》される。

手を伸ばすと、毛の感触《かんしょく》……大きな耳が指先に触れた。意図せず指先で耳のつけ根を引っ掻《か》いたと同時に、蒼月の舌が震《ふる》える。

「ぁ、やだ、も……ぅ、また、おれだけ……変に、なる」

蒼月の耳を摑んで軽く引っ張ると、顔を上げてペロリと舌を出す。ご馳走《ちそう》を前にした獣のような高揚感《こうようかん》が伝わってきて、コクンと喉《のど》を鳴らした。

「花楓だけではない。これだけでは終わらせないから、安心しろ」

枕元《まくらもと》に置かれているランプのあたりに手を伸《の》ばした蒼月が、小瓶《こびん》を手に取り、蓋《ふた》を開けて長い指を浸《ひた》す。

瓶から引き上げた指を伝い落ちる液体は細く糸を引いていて、ずいぶんと粘度《ねんど》が高いことが察せられる。

「クヌギの樹液を煮詰《につ》めたものだ。甘いぞ」

「ン……」

蒼月の指が唇《くちびる》に触《ふ》れ、誘《さそ》われるように舌を伸ばした。確かに、果実を煮詰めたものとは比べようもないほど甘い。

「それ、ぁ……ッ」

それをどうするのか、問うまでもなくこの身で用途《ようと》を知った。

蒼月の指を伝い落ちたたっぷりの蜜《みつ》は、双丘《そうきゅう》の狭間《はざま》に滴《したた》り……長い指が、蜜を追いかけるようにして潜《もぐ》り込んでくる。

まったく身構えていなかったせいで抵抗《ていこう》する間もなく、気がつけば蒼月の長い指を突《つ》き入れられていた。

「ッ、そ……月」

「花楓は、舌も肌も熱いが……ここが一番だな。甘いのがわかるのか、俺の指に吸いついてくるみたいだ」

「知らな……っ、わかんない、から」

　蒼月の指がそこにあるということは、わかる。でも、勝手にビクビクとなるだけで、花楓が意識してなにかしているというわけではない。

　震える息をついて蒼月を見上げると、蒼い瞳が間近で花楓を見詰めていた。端整《たんせい》な顔が近づいてきて、唇を重ねられる。

「ぅ……ん、っ、ふっ……ぁ」

　舌に残る甘みの余韻《よいん》を、蒼月の舌が拭《ぬぐ》うようにして攫《さら》っていく。口腔《こうこう》の粘膜《ねんまく》を舌先でくすぐり、身体《からだ》の奥に突き入れられた指がゆるゆると抜《ぬ》き差しされた。

　ちゅくちゅくと濡《ぬ》れた音が、どこから聞こえてくるのか……長く続けられているうちに混ざり合い、わからなくなる。

「んっ、ぅん……ッ、も……ぃ、ぃ」

「もう少しだ。まだ、狭《せま》い。指を、もう一つ……」

「や、ぁ……！　意地、悪……っ、っぁ」

　宥《なだ》めるように口づけながら、蜜を継《つ》ぎ足した指を執拗《しつよう》に抜き差しされる。

　どれくらい時間が過ぎたのか、舌が痺《しび》れるような濃密《のうみつ》な口づけからようやく解放された花楓は、涙《なみだ》の滲《にじ》む目で蒼月を見上げた。

「っは、ぁ、……蒼月が、蒼月、も……変になる？」

目の前が霞《かす》み、頭がクラクラする。

このままでは、また花楓だけが乱されて終わってしまうのではないかと不安になり、蒼月に両手を伸ばした。

「変……か。今でも、花楓の口づけと甘い声に酔《よ》ったような気分だ」

「まだ、喰われてない」

「……そうだな。いいか？」

熱っぽく潤んだ蒼い瞳が、花楓を食い入るように見つめている。真っ直《す》ぐに、花楓だけを目に映して……トクトクと胸の奥で動悸《どうき》が響《ひび》く。

喰われたいと、花楓の心の臓が答えているみたいだ。

「いい、よ。おれは……最初から、蒼月のものだ」

花楓は、幼い頃《ころ》の邂逅《かいこう》を憶《おぼ》えていなかった、でも、蒼月に身を捧《ささ》げるつもりでここに来たのだから。

「……花楓」

「ン……ッ！」

熱い想いを含《ふく》んだ声で花楓の名を呼んだ蒼月が、指を引き抜いて身体を重ねてきた。

熱を感じたのは一瞬で、すぐに圧迫感《あっぱくかん》が全身を支配する。鼓動《こどう》が乱れ、指先までズキズキと痺れていて……今、自分がなにを感じているのかわからない。五感が、バラバラになったみたいになる。

不可解な感覚に意識が遠退《とおの》きかけ、蒼月の声に呼び戻《もど》された。

「花楓っ、息を詰めるな。目を開けて……俺を見ろ」

「ぁ……っ、蒼……月」

瞼《まぶた》を押し開けて一番に視界に入ったのは、花楓を見詰める蒼月の蒼い瞳。

蒼月だ、と思った瞬間、遠ざかりそうになっていた身体の感覚が一気に押し寄せてくる。

「ッ……ゃ、怖……い」

「背中に抱きつけ。尻尾《しっぽ》を握《にぎ》ってもいいから……」

腕を取って誘導《ゆうどう》され、促《うなが》されるまま広い背中に抱きついた。縋《すが》るものを探して手をさ迷わせた花楓は、指に触れた毛の塊《かたまり》をギュッと握り締《し》める。

ふわふわ、優《やさ》しい感触で……怖《こわ》いと思っていたのに、途《と》端《たん》に不思議なくらい安堵《あんど》がこみ上げてくる。

変わって、身体の奥深くから熱の塊のようなものが込み上げてきた。

「ぁ、あっ……ぁ、熱い」

「おまえも熱い。花楓……」

ギュッと抱《だ》かれて、ゆっくりと身体を揺《ゆ》すり上げられる。

怖い、熱い、でも……このまま、もっと貪《むさぼ》り尽《つ》くされたい。相反する二つの思いのあいだを、忙《せわ》しなく行ったり来たりしている。

「花楓……花楓」

艶《つや》っぽくかすれた蒼月の声で名前を呼ばれるたびに、肌《はだ》がざわついて、鼓動がどんどん速さを増す。

強く背中に縋りつくと、耳元で泣きそうな声が聞こえてきた。

「おまえがいないと、生きていけない。俺が獣になり、理性を失えば……殺して逃げろ」

懇願《こんがん》する蒼月に、首を左右に振《ふ》ってギュッと抱き着いた。

蒼月が、花楓を大事に想《おも》ってくれていることはわかる。

でも、花楓も蒼月が大事なのだ。

「咬《か》みついて、血を舐《な》めたら……おれだってわかるよね。蒼月が獣でも、好きだ。どんな姿でも、傍《そば》にいるから」

万が一、獣姿のまま……戻れなくなっても、花楓は蒼月の傍を離《はな》れない。

そう誓《ちか》い、握り締めていた尻尾の毛を撫《な》でる。

泣きそうな顔で花楓を見ている蒼月の頭を抱き寄せると、耳を甘噛《あまが》みして唇を触れ合わせた。

「蒼月と、ずっと一緒《いっしょ》にいる」

「花楓……っ」

息が止まりそうなほど強く抱き締められて、喰《く》いつくさんばかりの勢いで身体を揺さぶられる。

頭の中が真っ白になり、もう何も考えられなくなる。

抱いているのも、抱かれているのも、すべてが『蒼月』だけで……際限なく沸《わ》き上がる熱に焼き尽くされそうだ。

「ぁ、……あっ、蒼……月。なんか、も……ダメ。や、ぁ……あっ」

悪寒《おかん》に似ているのに種類の違《ちが》う熱がゾクゾクと背筋を這《は》い上がり、ビクンと脚《あし》が跳《は》ねる。震《ふる》える手で蒼月の背中を抱き、変だと訴《うった》えた。

動悸が激しすぎて苦しい。巨大《きょだい》な熱の波に、呑《の》み込まれて溺《おぼ》れる。

「大丈夫《だいじょうぶ》だ。花楓。そのまま……俺にしがみついてろ」

「ッ、ッ……ん！」

頼《たよ》ることができる……縋れるものは蒼月だけだと夢中で広い背中に抱きついて、辛《かろ》うじて摑《つか》んでいた理性の手綱《たづな》を手放した。

□
□
□

カタカタと、窓を開け閉めする音……？

瞼を開くと、橙色《だいだいいろ》の光が目に飛び込んできた。ランプの灯《あか》りにしては、眩《まぶ》しい。

「あ……れ？」

「あっ、花楓様。申し訳ございません。起こしてしまいましたか？」

薄茶色《うすちゃいろ》の尻尾を揺らして窓のところから花楓に振り向いたのは、胡桃……だ。

ぼんやりと周りを見回した花楓は、自分がすっかり馴染《なじ》んだ寝所《しんじょ》の、使い慣れた寝具に横たわっているのだと気がついた。

「お水を？」

「う……ん」

うなずいて、ゆっくりと身体を起こす。駆《か》け寄ってきた胡桃が肩《かた》に寝間着《ねまき》をかけてくれて、水を注いだ器《うつわ》を手渡《てわた》された。

カラカラに渇《かわ》いていた喉《のど》に水を流し込み、大きく息をつく。

「もっと飲まれますか？」

「ん……」

もう一杯《いっぱい》水を飲み干して、ようやく人心地《ひとごこち》がついた。

胡桃と目が合い、……ハッとする。

「あ……」

咄嗟《とっさ》に寝間着の前を掻《か》き合わせて、コクンと喉を鳴らした。

胡桃の目に、肌を曝《さら》してしまった。花楓が『奥方様』になり得ない性であることに、気づかれた……？

緊張《きんちょう》が走り、強く手を握り締める。身体《からだ》を強張《こわば》らせる花楓に気づいていないのか、胡桃は普《ふ》段《だん》と変わらない調子で話しかけてきた。

「蒼月様は、黒炎様とお話があるということで、少しだけお出かけになっています。すぐに戻るとおっしゃっていましたので……」

「う、うん。え……っと」

チラリと胡桃を窺《うかが》う。どう言い出せばいいか言葉を探していると、戸口から菖蒲の声が聞こえてきた。

「花楓様。目を覚まされましたか？　胡桃が起こしてしまったのでは？」

菖蒲が両手に抱《かか》えているのは、花楓の着物のようだ。早足で歩いてくると枕元《まくらもと》に膝《ひざ》をつき、胡桃を軽く睨《にら》む。

「へ、平気、大丈夫。えっと、二人とも……」

どうする？　白を切るのは……無理があるだろうか。

花楓が寝具に上体を起こしたまま動きを止めていると、菖蒲が肌着《はだぎ》を差し出してきた。

「着替《きが》えられるなら、お手伝いいたしましょうか」

「いや、いいっ。あの……さ、おれ……」

菖蒲に身体を向けると、胸元《むなもと》で合わせていた肌着が左右に開けた。花楓は「ぁ」とつぶやいたきり絶句して、硬直《こうちょく》する。

頭の中では、「どうしようどうしよう」「蒼月」とその二つがグルグルと回っていた。

恐慌《きょうこう》状態の花楓をよそに、菖蒲も胡桃もまったく態度を変えない。

「蒼月様が、花楓様にこちらを……と。あと、山に行商人が置いて行った荷を、若い衆が回収に行きました。花楓様は酷《ひど》い目に遭《あ》ったのですから、迷惑《めいわく》料と治療《ちりょう》費にしても安いくらいですわ」

憤《いきどお》りながら、花楓に肌着を着せかける。胡桃も、「本当ですわ」と眉《まゆ》を顰《ひそ》めて、菖蒲の言葉を継《つ》いだ。

「腕《うで》の傷に貼《は》ってあるお薬を取り換《か》えて、布も新しいものにしましょう。蒼月様が、惜《お》しまず薬草を使うように仰《おっしゃ》っていましたから」

「菖蒲、胡桃っ。えーと……自分で着る」

世話を焼こうとする二人の手を押し止《とど》めて、上着と洋袴を引き取る。ぐったりしていることで普段は嫌《いや》がる花楓の世話を焼けると思っていたのか、菖蒲と胡桃は、残念そうにしゅんとして「そうですか」と手を引いた。

引き取った着物に、無言でごそごそと袖《そで》を通した。静かな部屋には、花楓が身支度《みじたく》をする衣《きぬ》擦《ず》れの音だけが響《ひび》く。

着物を着込んだことで、少しだけ気分が落ち着いた。寝具を出た花楓は、菖蒲と胡桃に向き直る。

「あの、いろいろとごめん。迷惑かけた……よね」

「違いますわ、花楓様」

うつむいて謝った花楓の言葉を、胡桃がこれまでになく強い口調で否定する。

普段は、のんびりのほほんとしている胡桃が、こんなふうにハッキリ口にするのは珍《めずら》しい。

「胡桃の言う通りですわ。花楓様。わたくしたちは、心配したんです」

かけられたのは、迷惑ではなく心配だという菖蒲の一言に、ますます項垂《うなだ》れた。

言葉の選択《せんたく》を誤った花楓に、胡桃が怒《おこ》るのも当然だ。

「あ……うん。ごめんなさい」

ぺこりと頭を下げておいて、改めて胡桃と菖蒲を交互《こうご》に見遣《みや》る。二人が花楓を見る眼差《まなざ》しはは、これまでと何一つ変わっていない。

でも、だからと言って、花楓は『これまでと同じ』ではいけないだろうと深く息をついて拳《こぶし》を握《にぎ》った。

「おれ……は、か弱い女の子じゃない……ってわかったよね。騙《だま》していて、ごめん」

思い切って口にすると、三回目の「ごめん」を告げる。頭を下げようとした花楓の肩に、菖蒲が手をかけて制止した。

「とうに存じていましたので、お気になさらず」

「わたくしもです。それでも、花楓様が花楓様であることは、変わりありませんわ」

予想もしていなかった二人の反応に、花楓はぽかんとした顔になっているはずだ。言葉もなく、胡桃と菖蒲のあいだに視線を往復させる。

「でも、だって……仕えるに値《あたい》しないって、怒らない？　だっておれは、蒼月の『奥方様』じゃなくて……っ」

「酷い言い分だな、花楓。奥方じゃない？」

焦《あせ》って口にする花楓の言葉を遮《さえぎ》ったのは、蒼月の声だった。菖蒲と胡桃が慌《あわ》てた様子で居住まいを正して、窓際《まどぎわ》に移動する。

「蒼月……」

顔を上げて名前を口にした花楓に、蒼月は苦笑《くしょう》を浮《う》かべて近づいてきた。花楓の正面に腰《こし》を下ろし、行商人の後始末について語る。

「山中に奴《やつ》らが残した荷と、ロバを連れ帰った。花楓は、村で牛やヤギの世話をしていたのだろう？　ロバの世話もできるか」

その台詞《せりふ》で、花楓にロバの世話を任せようとしてくれているのだと気づき、パッと顔を輝《かがや》かせる。

「できる。はずです。いえ、きちんとしてみせます」

村にロバはいなかったので、ロバの世話はしたことがない。でも、牛やヤギと大差はないだろうと、大きくうなずく。

「では、ロバは花楓に任せた。大仕事だが、大丈夫《だいじょうぶ》か？」

蒼月の言葉に、花楓は大きく首を上下させた。

ここで、花楓にもできる仕事がある。それは、本当に山犬族の郷《さと》に受け入れられたかのようで、何よりの幸せだ。

「は、はい。もちろん、喜んでお受けします」

花楓は、よほど嬉《うれ》しそうな顔をしていたのだろう。蒼月は苦笑して、唇《くちびる》に人差し指の腹を押し当ててくる。

「ここに来て、一番いい笑顔《えがお》だな。ロバに張り合って嫉妬《しっと》するのは、馬鹿《ばか》げていると思うが……複雑だ」

「だって、嬉しい。おれでも、できることがあるのなら……ここにいてもいいんだって、思える」

蒼月の手を取り、ぽつぽつと口にする。

蒼月がなにか言いかけるより早く、背後から菖蒲と胡桃の声が飛んできた。

「花楓様っ。水臭《みずくさ》いですわ。わたくしたちも、花楓様がここにいらしてくださることを望んでいますのに」

「そうですわ。花楓様のお傍《そば》に仕えさせていただくことは、わたくしたちのなによりの幸せですのに」

憤る二人に、花楓は泣きたいような気分で笑みを浮かべた。

ここにいてもいいと、言ってくれる。

いつからか、花楓が女性ではないことを知っていたのに……二人とも、そんな素振《そぶ》りはまったく見せなかった。

「ありがと。菖蒲も胡桃も、これからも……傍にいてくれる？」

「もちろんです」

「当然ですわ」

即答《そくとう》してくれた二人に、ホッとして肩《かた》の力を抜《ぬ》いた。

二人の手を取ろうと、身体の向きを変えかけて……ガシッと二の腕を握られる。なにかと思えば、不機嫌《ふきげん》な顔の蒼月に両肩を摑《つか》まれた。

「花楓。おまえは、俺の伴侶《はんりよ》であるということを忘れるな。最優先するべきは、ロバの世話ではなく俺の傍にいることだ」

「……蒼月」

子供が駄々《だだ》をこねるような言葉に、菖蒲と胡桃が呆《あき》れているのでは……と心配になったけれど、よくできた二人の女官は、なにも聞いていないような顔でそそくさと立ち上がった。

「お食事の用意をしてきます。蒼月様も、花楓様とご一緒《いっしょ》にこちらで？　それとも、広間に席を設けましょうか」

「黒炎が昼食を共にしたいと言っていたから、広間だ。花楓も」

蒼月の言葉に、菖蒲は小さくうなずいて頭を下げた。

「承知いたしました。では、失礼します」

「準備が整いましたら、お呼びしますね」

蒼月に、次に花楓に向かって頭を下げた二人が部屋を出て行く。

蒼月と二人きりになり、肩を掴んだままの手にチラリと視線を向けた。

「菖蒲と胡桃が、呆れていたんじゃないかな」

頭領としての威厳《いげん》は、どこに行った……と、今頃《いまごろ》二人で顔を合わせて笑っているのでは。

そうつぶやくと、蒼月はふんと鼻を鳴らす。

「花楓に関しては、譲《ゆず》らん。あの二人も、それは承知のはずだ」

偉《えら》そうに胸を張って言えることか……と苦笑した花楓は、「あ」と声を上げて肩にあった蒼月の手を握った。

「菖蒲も胡桃も、おれが男だって知ってたみたい……なんだけど」

「ああ……そうだろうな。花楓がここに来て、月が一巡《ひとめぐ》りする前には察していたはずだ」

「そんなに早くから……」

改めて二人の言動を思い起こしても、やはり花楓が男であることを察していた素振りは一つも見せなかったと思う。

わかっていたのに、姉のように花楓を気遣《きづか》ってくれていたのか。

「だから、菖蒲と胡桃のことでそれほど愛《いと》しそうな顔をするな。今、花楓の目の前にいるのは俺だろう」

花楓の手を握り返した蒼月は、ムッとした顔でそう言って花楓の肩を抱《だ》き寄せる。

ロバと菖蒲と胡桃に嫉妬した挙句、拗《す》ねている？

まさか……と思った直後、蒼月の口から出たのは花楓の『まさか』を決定的にする言葉だった。

「せっかく、名実ともに伴侶となったのだ。もっと、俺を見ろ」

「……蒼月が一番だよ。それに蒼月には、これからずっと……何回も、好きだって言えるし」

蒼月の背中を撫《な》でて、クスクスと笑みを浮かべる。

威風堂々《いふうどうどう》とした、頼《たの》もしく凛々《りり》しい頭領だと思っていたのに……取り繕《つくろ》う必要がなくなれば、手放しで花楓を甘やかして自身も甘えようとする、こんな人だったのか。

それを愛しく思ってしまうあたり、花楓も蒼月を笑えないかもしれない。

「今からべたべたしてたら、一年も経《た》たずに飽《あ》きるんじゃないの？」

そんな一言は、冗談《じょうだん》のつもりだったけれど……花楓を抱く蒼月の腕《うで》に、グッと力が込められて「イテテ」と呻《うめ》く。

「蒼月、苦し」

「飽きたりするものか。花楓を嫁《よめ》に迎《むか》え入れるまで、十年も待ったのだ。……花楓は、飽きるのか？」

顔を上げると、蒼《あお》い瞳《ひとみ》と視線が絡《から》んだ。大きな耳は、少しだけ後ろに伏《ふ》せられている。

口調は強気なのに、眼差《まなざ》しも耳も不安を表していて……軽口を反省する。

「飽きない。変なこと言って、ごめん。蒼月の心も疑ったりしない。だから……ずっと、傍に置いてくれる？」

手を上げて、大きな耳をそっと撫でた。

この耳も、大きな尻尾《しっぽ》に対する想《おも》いも、子供の頃《ころ》に初めて目にした時と変わらない。

一番に「綺麗《きれい》だ」と感じ、触《ふ》れたくて堪《たま》らなくなる。

「当然だ。花楓は、十年前から俺の花嫁なのだからな」

「うん……」

鼻先を寄せられて、瞼《まぶた》を伏せる。

あの、山の中の広場で交《か》わした会話が耳の奥によみがえる。

子供の頃の邂逅《かいこう》は、蒼月に言われるまで忘れていたのに、一度思い出すと次々と湧《わ》いてくるから不思議だ。

『俺はね、大人になったら純人を花嫁にするんだ。花楓を選んでいい？』

『そしたら、蒼月とずっと一緒にいられる？』

花楓に求婚《きゅうこん》したのは蒼月で、ずっと一緒にいられるならと望んだのは花楓だ。

『じゃあ、いいよ』

『約束だ』

うなずいた花楓に、蒼月は嬉しそうに笑って……『約束の印』だと、口づけた。

伏せた瞼の裏に、あの時舞《ま》い落ちていたものと同じ赤く色づいた紅葉《もみじ》が見えた気がして……

蒼月の背中をそっと抱き返した。

俺のもふもふが一番だと言え

昼食後、ため池を点検して屋敷《やしき》に戻《もど》った蒼月は、離《はな》れを覗《のぞ》き……女官二人の姿しか見えないことに眉《まゆ》を顰《ひそ》めた。

「菖蒲。花楓はどうした？」

数か所あるランプに油を補給している女官に、花楓の行方《ゆくえ》を尋《たず》ねる。

パッとこちらを振《ふ》り向いた菖蒲は、蒼月の姿を目にして慌《あわ》てて両膝《りょうひざ》をついた。

「あ、頭領。花楓様は、ロバの小屋にいらっしゃいます」

「……またか」

予想はついていたが、やはりそこか……と小さく息をつき、「迎《むか》えに行く」と踵《きびす》を返した。

ロバの小屋は、蒼月や花楓が居住している屋敷から少し離れた畑の脇《わき》にある。馬よりも小柄《こがら》だが力があり、芋《いも》の収穫《しゅうかく》の際は大いに役立ってくれた。

ロバの小屋は簡素な造りだが、花楓が藁《わら》で寝床《ねどこ》を作ったり、常に新鮮《しんせん》な水を桶《おけ》に用意していたり……かいがいしく世話をしている。

「花楓」

小屋の前で、ロバの身体《からだ》を布で拭《ふ》いている花楓に声をかける。

蒼月の声に反応したらしいロバが足踏《あしぶ》みをして、花楓が振り向いた。

「うわっ、蒼月」

蒼月の顔を見るなり、歓迎《かんげい》しているとは言い難《がた》い調子で名前を呼んだ花楓にムッと眉根《まゆね》を寄せる。

「ちょっと待って」

ロバの手綱《たづな》を引いた花楓は、そそくさと小屋に入っていった。

言われるまま小屋の外で待っていると、『ちょっと』と言うにはずいぶんと時間が経《た》った頃《ころ》になって、ようやく花楓が出てきた。

「寒い中、待たせてごめん」

「俺は小屋に入れないからな。仕方がない」

行商人が山中に残していったロバの世話を、花楓に託《たく》したのは蒼月だ。なにかしら働きたがっていた花楓は、自分の仕事ができたと嬉《うれ》しそうだった。

だから、あまり口うるさく言いたくないのだが……。

「ロバに手をかけすぎではないか？」

つい、そんな一言が口から出てしまう。

花楓は、

「でも、おれしか、世話ができないから」

そう言って、申し訳なさそうに蒼月を見上げた。

ロバは、純人である花楓にはさほど警戒《けいかい》しないのだが、山犬の混合種である郷《さと》の者が世話をするのは嫌《いや》がる。

特に、より獣《けもの》に近い性質の蒼月は天敵に近いらしく……あまり近づくと、怯《おび》えて恐慌《きょうこう》状態に陥《おちい》る。

それもあって、花楓がロバの小屋にいる際は、蒼月は少し離れたところから見ているしかないのだ。

「今日の世話は終わったんだろう？」

「うん。一応」

うなずいた花楓の手を取り、歩き出した。

花楓は、戸惑《とまど》った声で「蒼月？」と名前を呼んできたが、聞こえていないふりをして歩き続ける。

「ため池の水は、この冬を越《こ》すには十分なだけあった。あとは、これまでの冬と変わらない雪が降れば、水不足の心配はない。本格的な雪の季節が来るまでに整えておかなければならない、石室《いしむろ》の準備も順調だ」

今日の仕事はしてきたぞ、と主張する。

蒼月の少し後ろを歩く花楓は、小さく笑って「お疲《つか》れ様」と口にして、石室やため池の状《じょう》況《きょう》を伝えた蒼月の意図を汲《く》んでくれた。

握《にぎ》った花楓の指の冷たさに、わずかに眉を顰める。

「すっかり身体が冷えているではないか。湯殿《ゆどの》で温まったほうがいい」

「大丈夫《だいじょうぶ》。そんなには……」

「手だけでなく、肘《ひじ》上まで冷たい」

着物の袖《そで》部分から手を滑《すべ》り込ませて、肘の上まで撫《な》でる。肌《はだ》が冷えていることを咎《とが》めると、花楓は言葉に詰《つ》まったような顔で唇《くちびる》を噛《か》んだ。

「菖蒲、胡桃。湯殿はすぐに使えるか。花楓と湯浴《ゆあ》みをしてくる」

屋敷に着くと、離れに顔を覗かせて菖蒲たちに声をかける。

蒼月がロバ小屋の花楓を迎えに行ったことで、優秀《ゆうしゅう》な女官には蒼月がどうするつもりなのか予想がついていたのだろう。

「あ、はい。追い焚《だ》きの準備をしておきます」

「御着《おき》替《が》えも、ご用意してありますので」

菖蒲と胡桃は、普段《ふだん》とは異なる時間の湯浴みに慌てることなく、準備万端《ばんたん》だと返してきた。想定外だったらしい花楓だけが、赤面して押し黙《だま》っている。

湯殿に向かいながら、重い足取りで歩く花楓をチラリと振り向いて尋ねた。

「不満か？」

「……じゃない、けど」

ポツリと返してきた花楓の耳が赤い……のは、外の風が冷たかったせいではないはずだ。蒼月の伴侶《はんりょ》であることは郷の民《たみ》すべてが認めているのだから、堂々としていたらいいと思うのに、未《いま》だに恥《は》じらいや躊躇《ためら》いを捨てきれないらしい。

この奥ゆかしいところも、愛《いと》しいのだけれど……。

「湯浴みを終えたら、毛繕《けづくろ》いを花楓に頼《たの》もう。いいか？」

使用人扱《あつか》いするつもりはないので、普段は花楓自身が「したい」と言っても毛繕いを任せることはない。

ただ、花楓はなにが楽しいのか、蒼月の毛繕いをしたがる。こうして蒼月が花楓に毛繕いを頼むと、ものすごく嬉しそうな顔でうなずくのだ。

「わかった。任せて」

少し前まで渋々《しぶしぶ》と足を運んでいたくせに、笑《え》みを浮《う》かべながら蒼月の尻尾《しっぽ》を見ている。

それが、先ほどのロバの世話をしていた花楓の顔と重なって見えて、なんとなく複雑な心情で花楓の手を引いた。

「やっぱり、柘植《つげ》の櫛《くし》がいいかな。蜂蜜《はちみつ》と椿油《つばきあぶら》を混ぜたものを、少しだけ……艶々《つやつや》になるんだよね」

手拭《てぬぐ》いに水気を吸い取らせた花楓は、蜂蜜と椿油を手に取って両手をこすり合わせると、蒼月の尻尾に手櫛《てぐし》で塗《ぬ》りつける。目の粗《あら》い柘植の櫛を持つと、火鉢《ひばち》の熱を当てながらゆっくりと毛を解《ほぐ》していった。

普段の菖蒲と胡桃は、雑務をしたがる花楓に「わたくしたちにお任せください」と苦い顔をする。

ただ、花楓が蒼月の毛繕いを楽しみにしていることを知っているので、今は席を外している。

蒼月の尻尾は毛量が多いので、乾《かわ》かすのは重労働なはずだ。けれど、無言で櫛を動かす花楓は面倒《めんどう》がる様子もなく微笑《びしょう》を滲《にじ》ませている。

「櫛が引っかかっても、痛くない？」

「ああ。心地《ここち》いい」

蒼月の答えに、ホッとした顔で尻尾に櫛を通し続ける。

花楓は、毛繕いに熱中しているせいでなにを言うでもなく、静かだ。火鉢の中で、時おりパチッと炭の弾《はじ》ける音だけが響《ひび》く。

「……楽しいか？」

「うん。乾いてきたら、ふわふわになって……気持ちいい」

八割くらいは乾いたか……というところで、蒼月の尻尾を両腕《りょううで》に抱《だ》いた。頬《ほお》をくすぐる毛に、目を細めて笑っている。

どうしようもなく可愛《かわい》い。ただ、口づけるには……自分の尻尾が邪魔《じゃま》だ。

「おれは、村の純人や行商人以外は山犬族しか知らないけど、世界には兎《うさぎ》や狸《たぬき》の混合種もいるんだよね？　山犬族の尻尾にも毛色や長さに個性があって、見ているだけで楽しいけど……他《ほか》にもいろんな耳や尻尾を持つ人たちがいるんだなぁ」

蒼月の尻尾を触《さわ》りながらつぶやいた花楓は、どこか遠くを見る目をしている。

ムッとした蒼月は、バサリと尻尾を振《ふ》って花楓の頬を少しばかり手荒《てあら》に撫でた。

「っ、蒼月」

抗議《こうぎ》を含《ふく》む声で名前を呼んだ花楓の腕を掴《つか》み、腕の中に抱《だ》き寄せる。

至近距離《きより》で視線を絡《から》ませて、ボソッと口を開いた。

「ロバの毛繕いと俺の毛繕いは、どちらが楽しい？」

蒼月の問いに、花楓はきょとんとした顔になった。何度か目をしばたたかせて……突然《とつぜん》、意味を解したように破顔する。

「ふ……っ、ふふっ……蒼月のほうが楽しいに決まってる。ロバは、どんなに丁寧《ていねい》に毛繕いをしても感想を言ってくれないし」

クスクスと笑いながら、蒼月の背中に手を回して尻尾の先を軽く撫でる。

先日、蘇芳をあやしていた時の手つきと同じなのでは……と眉《まゆ》を顰《ひそ》めて、子供ではできないことをしてやろうと唇を触《ふ》れ合わせた。

「ん、蒼……月」

花楓の唇は、嫁取《よめと》りを予告した初めての口づけの時から変わらず、やわらかくて甘い。ずっと触れていたくなる。

「花楓、もっと……舌を」

舌先に吸いついて深い口づけを誘《さそ》うと、ぎこちなく応じる。

純人だからか、蒼月より小さくて短い舌は幾度《いくど》となく繰《く》り返しても慣れない風情《ふぜい》で、もどかしくも愛らしい。

「ッ、ん……っんぅ」

息苦しくなってきたのか、花楓の右手が本人は意識していないだろう手つきで蒼月の尻尾を握って軽く引っ張った。

左手は、髪《かみ》をくしゃくしゃと撫で回して耳に触れてくる。

花楓に自覚があるかどうかはわからないが、自分にないものだからか、理性が緩《ゆる》むと尻尾や獣毛《じゅうもう》に覆《おお》われた耳を弄《いじ》りたくて堪《たま》らなくなるらしい。

「……尻尾、それほど好きか？」

「ぅ、ん……綺麗《きれい》」

口づけを解いて尋《たず》ねると、とろりとした目で蒼月を見上げてくる。

憧憬《しょうけい》の眼《め》は、子供の頃《ころ》……初めて逢《あ》った時と同じものだ。

純人の村では、混合種である自分たち山犬族は粗暴《そぼう》なものだと伝えられていると知っていた。

恐《おそ》れられ、獣《けもの》のように避《さ》けられるとばかり思っていたのに……花楓は違《ちが》った。

あの時、いずれ純人を『花嫁』とするのならこの子にしようと、心に決めたのだ。

「他の混合種を知っても、そう言ってくれるだろうか」

花楓の頭を抱き込んで、ポツリとつぶやく。

蒼月よりも、もっと珍《めずら》しい毛色や美しい毛並みの混合種と出逢っても、変わらない目で見つめてくれるのだろうか。

そんな、漠然《ばくぜん》とした不安が込み上げてきて自嘲《じちょう》の笑みを浮かべた。

形のない『いつか』を不安に感じるなど、馬鹿《ばか》げている。

そう思うのに、万が一、花楓が離《はな》れて行ってしまったら……と考えるだけで心の臓が潰《つぶ》れそうだ。

無様で、情けなくて……言葉にできない。花楓にも、呆《あき》れられそうだ。

蒼月は、不安を悟《さと》られないよう無言で花楓を抱き締《し》めていたのに、まるで心の声が聞こえたかのように花楓がつぶやいた。

「今も、これからも……蒼月が一番だよ。綺麗で、凛々《りり》しくて……可愛いなんて、最強だ」

そっと尻尾を撫《な》でながら笑みを含んだ声で告げられて、抱き締める腕に力を込めた。

表情を隠《かく》さなければ。醜態《しゅうたい》を晒《さら》してはならない。

花楓には、できるだけ勇ましく頼《たよ》りがいのある、威風堂々《いふうどうどう》とした頭領の姿を見せたい。

　不安を感じている顔や、花楓の一言で泣きたくなるほど安堵《あんど》する……甘えを曝《さら》け出すわけにはいかない。

　蒼月は、ギリギリのところでそうしてなんとか体裁《ていさい》を保とうとしているのに、

「明日も、毛繕いさせてくれる？」

　そっと尻尾を撫でながら、花楓が尋ねてくる。

　蒼月が隠そうとしている不安や弱さ、甘えをすべて見透《みす》かしている……それでいて、すべてを許して受け止めようとするみたいだ。

　一つ深呼吸をした蒼月は、意図的に威厳《いげん》を漂《ただよ》わせた声で答えた。

「無論。おまえが望むなら」

　貫録《かんろく》を示そうとしても、今更《いまさら》かもしれないが。

あとがき

こんにちは、または初めまして。真崎《まさき》ひかると申します。この度は、『もふもふ狼王《おおかみおう》の寵愛《ちょうあい》花嫁《はなよめ》』をお手に取ってくださり、ありがとうございました。

今回のもふもふ担当は、攻《せめ》氏です。クールぶっていても、受《うけ》の花楓《かえで》ラブな残念な男前です。担当Kさんと、「蒼月《そうげつ》ってば、どれだけ花楓が好きなんだ。……暑苦しい」と笑いましたが、読んでくださった方にも「暑苦しい愛」を感じていただけると幸いです。

作者に暑苦しいと言われている蒼月を、綺麗で凛々しい男前な頭領として描いてくださった明神翼《みょうじんつばさ》先生には、感謝感激です。内面の暑苦しさを完璧に覆い隠してくれています。ただの「もふ好き」疑惑のある花楓も、うっとりする美人さんに描いてくださり、本当にありがとうございました。明神先生の描いてくださる『混合種』は「受もふ」も「攻もふ」も可愛くて格好いいので、次はどんな「もふ」にしようか、わくわくします。

担当Kさんには、今回も恐ろしくお手を煩《わずら》わせてしまい、申し訳ございませんでした。思い出したくもない、阿鼻叫喚《あびきょうかん》の日々だったのではないかと……。人として、精進《しょうじん》してまいります。

ここまでお目を通してくださり、ありがとうございました。ちょっぴりでも楽しいと思っていただけると、なによりも幸せです。またお逢いできますように！

二〇二〇年　猛暑というより酷暑です……　真崎ひかる

もふもふ狼王《おおかみおう》の寵愛花嫁《ちようあいはなよめ》

真崎《まさき》ひかる

角川ルビー文庫　22362

2020年10月1日　初版発行

発行者——青柳昌行
発　行——株式会社KADOKAWA
〒102-8177　東京都千代田区富士見2-13-3
電話 0570-002-301（ナビダイヤル）
印刷所——株式会社暁印刷
製本所——株式会社ビルディング・ブックセンター
装幀者——鈴木洋介

本書の無断複製（コピー、スキャン、デジタル化等）並びに無断複製物の譲渡および配信は、著作権法上での例外を除き禁じられています。また、本書を代行業者等の第三者に依頼して複製する行為は、たとえ個人や家庭内での利用であっても一切認められておりません。

●お問い合わせ
https://www.kadokawa.co.jp/（「お問い合わせ」へお進みください）
※内容によっては、お答えできない場合があります。
※サポートは日本国内のみとさせていただきます。
※Japanese text only

ISBN978-4-04-109997-1　C0193　定価はカバーに表示してあります。

©Hikaru Masaki 2020　Printed in Japan

◇◇◇

KADOKAWA RUBY BUNKO

角川ルビー文庫

いつも「ルビー文庫」を
ご愛読いただきありがとうございます。
今回の作品はいかがでしたか？
ぜひ、ご感想をお寄せください。

〈ファンレターのあて先〉

〒102-8177 東京都千代田区富士見 2-13-3
株式会社KADOKAWA
ルビー文庫編集部気付
「真崎ひかる先生」係

もふもふ遊郭の
初夜花嫁
傲慢で一途な御曹司と
けなげに彼を愛する
純白けもみみのもふラブ♥
真崎ひかる
Hikaru Masaki
イラスト／明神 翼
まっしろな耳としっぽの銀花は、
遊郭の御曹司・貴仁に拾われてから、
彼だけを想っている。
貴仁の留学の日キスと一緒に
「待ってる」と約束するが、
再会した貴仁はなぜか冷淡で!?
更に楼主に遊郭でのお勤めを迫られて！

ルビー文庫

紫苑の初めてを、
俺がまた一つもらったのかな。
イタズラな紳士の溺愛レンタル恋人
人たらしの美術商と
世間知らずな画家の卵の恋は、
甘い初めてがいっぱい！
紫苑は、日本画家である視力の衰えた祖父の代わりに、
密かに絵筆を執っていた。それを、男前の美術商・徳永に
「君の絵には艶がない」と見破られ、キスされてしまう。
勢いで、彼に恋愛の色香を教えてもらうことになり!?
真崎ひかる
イラスト／金ひかる
ルビー文庫

ダメ私生活の人気俳優と家事完璧な学生の本気の幼な妻新婚ごっこ！
俺様俳優と蜜愛新婚ごっこ
真崎ひかる
イラスト／陵クミコ
食べ頃になるまで、待った甲斐があった。
人気俳優・朝香柾人は、利壱にとっては可愛がってくれた柾十司くん。生活能力ゼロの柾十司のハウスキーパーになった利壱は、酔った柾十司にファーストキスを奪われ、更に！　だが、利壱の周りで不穏な事件が起き始めて。
ルビー文庫

夜神×夢神
真崎ひかる
イラスト／みずかねりょう
おまえは、俺を煽る天才だ。
夜神として悪夢を祓うために、月の痣を持つ統夜は、同じく月の痣がある夢神・啓夢を見つけ出し「かつて、おまえは俺と同じモノだった」と熱いキスをする。戸惑いつつ統夜に惹かれていく啓夢だが、祖父を名乗る紳士の罠に!?
帝王たる夜神と彼を癒す夢神、
ふたりでひとつの特別なラブ!

ルビー文庫

山神×海神
イラスト／みずかねりょう
真崎ひかる
神の証は
呪縛にも似た
永遠の約束。
俺はおまえを嫁にするって、決めてたからな。
海神の証が煌めく水凪は、
山神の証を持つ弥緑と離れられない運命にある──。
水凪に快楽を刻みつけた弥緑が、
財力を手に外国から戻ってきた時、
水凪は家の苦境を救うため、
ある覚悟を持って砂漠の国の王子の元へ!?

ルビー文庫

賢神×恋神
真崎ひかる
イラスト／みずかねりょう
堅物な学問の神×実は純情な恋の神。
誤解から始まる恋の行方は——？
縁結びの神様でも、解析できない。
ただ、シンプルに好きって思うだけだ。
恋愛の神の一族に生まれるも奥手で純情な結仁は、週3の出張カフェにやってくる大学教授・和智に片想い中。しかし和智は、誰に対しても愛想のよい結仁を「節操がない」と冷たい目で見ていて…。

ルビー文庫

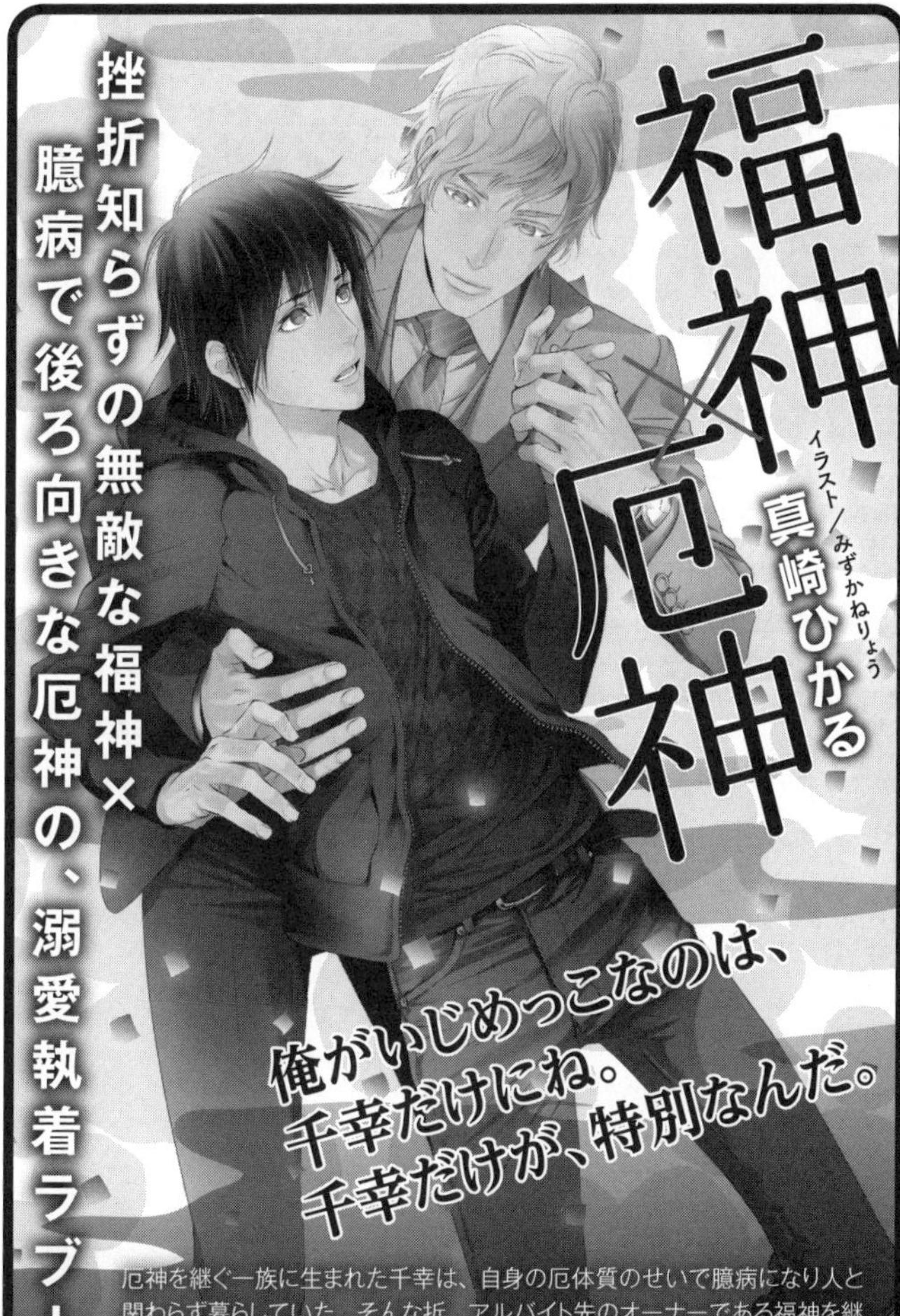
福神×厄神
真崎ひかる
イラスト／みずかねりょう
俺がいじめっこなのは、
千幸だけにね。
千幸だけが、特別なんだ。
挫折知らずの無敵な福神×
臆病で後ろ向きな厄神の、溺愛執着ラブ！
厄神を継ぐ一族に生まれた千幸は、自身の厄体質のせいで臆病になり人と関わらず暮らしていた。そんな折、アルバイト先のオーナーである福神を継ぐ一族の皇輝に「不幸が面白い」と気に入られ、執着され始めて……!?

ルビー文庫

WEB応募
受付中!!

次世代に輝くBLの星を目指せ!

第22回 角川ルビー小説大賞

プロ・アマ問わず!
原稿大募集!!

大賞 賞金100万円
＋応募原稿出版時の印税

優秀賞 賞金30万円
奨励賞 賞金20万円
読者賞 賞金20万円
＋応募原稿出版時の印税

全員 A～Eに評価分けした選評をWEB上にて発表

応募要項

【募集作品】男性同士の恋愛をテーマにした作品で、明るく、さわやかなもの。
未発表(同人誌・web上も含む)・未投稿のものに限ります。
【応募資格】男女、年齢、プロ・アマは問いません。
【原稿枚数】1枚につき42字×34行の書式で、65枚以上130枚以内
【応募締切】2021年3月31日
【発　　表】2021年10月(予定)
＊ルビー文庫HP等にて発表予定

応募の際の注意事項

■原稿のはじめに表紙をつけ、**以下の2項目を記入してください。**
①作品タイトル(フリガナ)　②ペンネーム(フリガナ)
■1200文字程度(400字詰原稿用紙3枚分)のあらすじを添付してください。
■あらすじの次のページに、以下の8項目を記入してください。
①作品タイトル(フリガナ) ②原稿枚数※小説ページのみ
③ペンネーム(フリガナ)
④氏名(フリガナ) ⑤郵便番号、住所(フリガナ)
⑥電話番号、メールアドレス ⑦年齢 ⑧略歴(応募経験、職歴等)
■原稿には通し番号を入れ、**右上をダブルクリップなどでとじてください。**
(選考中に原稿のコピーを取るので、ホチキスなどの外しにくいとじ方は絶対にしないでください)
■手書き原稿は不可。ワープロ原稿は可です。
■プリントアウトの書式は、必ず**A4サイズの用紙(横)1枚につき42字×34行(縦書き)かA4サイズの用紙(縦)1枚につき42字×34行の2段組(縦書き)**の仕様にすること。
400字詰原稿用紙への印刷は不可です。
感熱紙は時間がたつと印刷がかすれてしまうので、使用しないでください。
■同じ作品による他の賞への二重応募は認められません。
■入選作の出版権、映像権、その他一切の権利は株式会社KADOKAWAに帰属します。
■応募原稿は返却いたしません。必要な方はコピーを取ってから御応募ください。
■小説大賞に関してのお問い合わせは、電話では受付できませんので御遠慮ください。
■応募作品は、応募者自身の創作による未発表の作品に限ります。(※PCや携帯電話などでweb公開したものは発表済みとみなします)
■海外からの応募は受け付けられません。
■日本語以外で記述された作品に関しては、無効となります。
■第三者の権利を侵害した応募作品(他の作品を模倣する等)は無効となり、その場合の権利侵害に関わる問題は、すべて応募者の責任となります。

規定違反の作品は審査の対象となりません!

原稿の送り先

〒102-8177　東京都千代田区富士見2-13-3
株式会社KADOKAWA　ルビー文庫編集部　「角川ルビー小説大賞」係

Webで応募

https://ruby.kadokawa.co.jp/award/